狩野法印永徳伝

別双「安土城図屏風」秘話

向居 直記

狩野法印永徳伝

別双「安土城図屏風」秘話

向居 直記

亡き父（正）亡き母（郁）に
深い感謝の念を込めて本作品を捧げる

目次

序章

4月に入って初めての日曜日、谷見智明はカーテンの隙間から射し込む陽の光に目をしょぼつかせながら、昼近くになってベッドから起き出した。

昨夜は彼が勤務する私立賀茂高校の社会科歓送迎会。一人が退職し、代わって新人一人が赴任してきたことに伴う飲み会で、日付が変わってからの帰宅となった。

パジャマ姿のまま彼は、まずは冷水で洗面台の周りをべたべたにしながら二度三度勢いよく顔を洗った。

平日ならその後シェーバーで髭を剃るが、腹ペコなのでそれを省いてブランチ。といってもメニューはいつもの朝食と同じで、細切りのモッツァレラ入りチーズを振りかけたトーストパンにスライスしたトマトと牛乳。

腹ごしらえができたところでドリッパーにペーパーフィルターを取り付け、そこに中挽きのブレンドコーヒーを入れてお湯を注ぐ。

少しずつお湯を継ぎ足していくとまもなく、コーヒーならではの香ばしい薫りがほんのり立ち昇ってくる。

その香りを楽しみながら、机上のノートパソコンを起動させてグーグルニュースを閲覧。そのトップニュースの二番目の見出しを見た彼は、口に入れたコーヒーを思わず吹き出しそうになるほどびっくりした。

「狩野永徳作か？『安土城図屏風』発見」

まさかと思いつつ、幾分か震える手で急ぎマウスをクリックし本文を開けてみた。

大分県日田市隅《くま》町の民家の土蔵から、六曲一双の金箔屏風が発見された。右隻では琵琶湖と思われる湖面を前景に、小高い山の上に建つ城と城下が彩色で細かく描かれている。

また場面が夜景に変わった左隻では、提灯に照らし出された城に加えて川面に浮かぶ提灯船の一団が墨一色で描かれている。

屏風に絵師の落款は捺されてないが、それに添付の手紙から狩野永徳作の「安土城図屏風」ではないかと推察されている。

天正遣欧使節の手によってバチカンへ寄贈された「安土城図屏風」の別双の存在ついては、これまで一度も言及されたことがなく、それだけにその発見は青天の霹靂ともいうべき出来事だった。

彼はその記事を読み終えるとすぐに関連記事すべてを検索してみたが、いずれも先の記事と同内容のものばかり。

何より残念だったのは、どのサイトも屏風の写真を掲載してなかったことだ。

また添付された手紙の内容について、それを伝えるものもなかった。

彼はすぐに大学時代の2年後輩で「城郭研究会」のメンバーだった水島彩に電話した。

彼女は京都と滋賀を主たる取材エリアとする京滋日報の文化・生活担当記者。ネット配信ニュースより詳しい情報を知っているのではと期待された。

ショルダーバックに入ったままの携帯を急いで取り出すと、あいにくのバッテリー切れ。昨夜、午前様で帰宅した後で充電し忘れていたせいだ。

彼の携帯は十年余りも前に出た国内初のPHSスマホで、すでにバッテリーがへたっていてまめに充電しないとすぐにバッテリー切れとなった。

慌ててACアダプターを差し込んで電話すると、彼女はすぐに電話に出た。

「先輩が卒論で安土城を扱っていたことを思い出したので、今朝早くその件でアラームがてら電話したんです」

「それはどうも御親切に」

「そしたら只今つながりません、の表示でしょ」

「昨夜、午前様で充電し忘れたもので」

「やっぱりバッテリー切れだったんですか。もうそろそろその骨董品を取り替えたらどうですか」

皮肉をいう彼女にひとまず謝ってから、屏風の件でネット配信ニュース以外の情報がないか尋ねた。

「実はわたしも今朝の朝刊を見て初めてその件を知ったんです。というのはこの件の情報が文化部ではなく社会部に回されていたんです」

残念ながら期待した彼女からも追加の情報は聞けなかった。

「それで今、現地取材に行かせてくれるようデスクに頼んでいるところなんです。もし本当に屏風の作者が永徳でその画題が安土城ということになれば、うちの社としても特集を組んでもいいだけのネタですからね」

「そりゃそうだ。何としてでも現地取材できるよう掛け合うべきだ」

「がんばります」

「それでもし現地への取材が認められたら、取材日程を知らせてくれないか」

「それは構いませんけど、どうしてですか」

「幸い春休み中。きみの取材に合わせて有給休暇を取れると思うんだ」

「それって取材に同行したいということですか」

「取材の邪魔はしないから」

彼はこういって電話を切ると、安土城絡みの思いがけないニュースで久しぶりに「安土城図屏風」に関する資料のおさらいをする気になった。


イエズス会初代日本準管区長ガスパール・コエリョは、1582年2月15日付の書簡で「安土城図屏風」について左記のように報告している。

『信長が屏風を作らせたのは、その1年前のことであり、日本で最も著名な画工に命じて、これに当市と彼の城を寸分違わぬほどありのままに、また湖及び諸邸宅などをすみずみまで、あたう限り正確に描かせた』

またイエズス会司祭ルイス・フロイスが当時の出来事を多岐に渡ってまとめあげた『日本史（Historia de Japan）』には左記のようにある。

『それ（屏風）は金色で、彼らの間できわめて愛好される風物が描かれている。彼（信長）

はそれを日本で最も優れた職人に作らせた』

さらに1660年に出版されたイエズス会の記録には、左記のような記載がみられる。

『その一枚（片隻）には筆で新しい街が描いてあり、これとつながっているもう一枚には、《Azuchiyama》の城塞が描いてある』

これらの資料から一双の金箔屏風の片隻には安土城下の町が、別隻には安土城がそれぞれ彩色細画で描かれていたことがわかる。

さらに天皇の浴室に仕えた複数の女官の手による『御湯殿の上の日記』の天正八年八月十三日条には、左記のような内容が記されてある。

安土のありさまを、源七郎（源四郎の間違い）に描かせて村井貞勝が天皇の高覧に供したところ、正親町《おおぎまち》天皇はその屏風を所望したが信長はそれを断った。

それほどに信長が気に入っていたとすれば屏風はよほどの出来栄えだったと想像されるが、残念なことに、現在それは行方知れず。存在自体を危ぶむ声も少なくない。

その点について「日・伊歴史遺産調査協力事業」―安土城屏風絵探索プロジェクトーの報告書が詳しい。

それは平成十八年度自治体国際協力促進事業の一環で、滋賀県安土町が事業主体となって実施されたもの。

それによると、天正九年（１５８１年）七月、信長からイエズス会巡察師バリニャーノに贈られた「安土城図屏風」は、翌年一月長崎を出航した天正遣欧使節と共にローマへ搬送された。

それから三年後の天正十三年（１５８５年）三月、それはローマ法王グレゴリオ十三世のもとに送り届けられ、バチカンの「地図の画廊」に展示された。

その屏風のスケッチが１５９２年に画廊でなされたことが確認されている。

ところが、それから百六十年近く経った１７５０年刊行の画廊に関する文献には屏風に関する記載がない。

その間どこか別な場所に移されたか、処分されたものと推察されている。

❀

「城郭研究会」のメンバーだった谷見は安土城そのものに特別な関心を持っていた。

その理由の一つはそれが従来の城造りとは大きく異なるものだったからだ。城館としてその特徴を挙げると、瓦葺漆喰壁の高層建築、穴太《あのう》積《づ》みによる高石垣、高層建築の骨格をなす柱は礎石に据え置かれる礎石工法。

それまでの城館は主に板葺、茅葺低層建築で、それを支える柱は地面に掘られた穴へ打ち立てる掘立柱工法。

もうひとつの理由は歴史専門雑誌に掲載された向居直紀氏の小論文がきっかけで、安土を居城の地に選定する際に信長が示した宗教的志向に興味を抱いたからだ。

氏は信長が安土を居城の地に選定するに当たり、戦略、地理、地勢、政、経済等の各観点に加え、日本古来の宗教的教えや中国のそれを選定の際の重要ポイントとして取り入れた点を指摘。

古来日本には東は神の国、西は人の国とされる東西信仰があり、それをもとに日の神、天照大神をまつる伊勢神宮を東に仰ぎ、ほぼ同じ緯度上にあって西に位置する明日香の地に政の中心明日香宮の数々が配された。

その例に比して安土を人の国とされる西に位置するとした場合、神の国とされる東には織田家の本拠地津島にある津島神社がほぼ東西線上に並んであった。

津島神社は「古事記」にも記載される古来の名社で、その社殿の緯度は35度10分42秒。一方、安土城のそれは35度9分45秒。

その緯度差からくる両地の離間距離はおよそ2、4キロ。それを両地の離間距離50キロ余りをもとに1キロ当たりのずれを算出するとおよそ40メートル。

他方、中国から万物組成の原理を説く五行思想、北極星が占める北天を宇宙の中心（太極）とする太一神信仰が伝来すると、やがて北を吉方とする北辰・北斗信仰が広まり、大和での遷都は東西軸から南北軸へと変化。

さらに向居氏は民俗学者吉野裕子氏指摘の伊勢神宮の内宮と外宮の配置方位に注目。吉野氏によると内宮を起点した外宮の方位は西北60度。

それを踏まえて氏は五行思想と関連が深い九星気学の西北の気に着目。西北の気は六白金気。それが象徴するものは守護監督、施与後援、軍隊、主人、車、円、石材等。

それをもとに氏は外宮に祀られる豊受大神《とようけおおみかみ》の役割は内宮の主神天照大神に対する施与後援、守護監督等であると。

その指摘を受けて向居氏が内宮を起点にして安土の方位角を調べると、それは西北およそ55度。

これを八卦による八方位に当てはめると、外宮、安土共に内宮からみて乾の方位。

またそれを十二支による十二方位に当てはめると、両社共に亥の方位。

さらにこれを十二支、八卦、十干を組み合わせた二十四方位に当てはめるとやはり共に亥の方位。

ちなみにその方位の範囲を方位角で表すと、52、5度から67、5度。

また補足要因として、城が建つ安土山は丸い岩山で西北の気が象徴する円、石材と結び付く。

かように安土の地は内宮に対して方位上、豊受大神を祀る外宮と同様の役割を担える場所ともなる。

つまり安土は津島神社との関係から人の国にあって政の地であり、伊勢神宮との関係からそれは天照大神に仕えうる方位上の地であった。

向居氏の論文に触発された谷見は、卒論のテーマに安土城にまつわる宗教的要素を取り上げることにし、それを仕上げる過程で津島神社と伊勢神宮の方位についても調べてみた。

結果、信長の父信秀が造営したとされる社殿と内宮の経度がほぼ一致することが判明。

前者の経度は約１３６度43分7秒。後者のそれは約１３６度43分33秒でその経度差からくる離間距離はおよそ５７０メートル。

両神社間の地理的離間距離およそ80キロをもとに1キロ当りのずれをみると、わずか7、2メートル前後。

両神社が南北軸上にあるのは偶然か、或は北辰信仰が妙見信仰として受け継がれ、妙見菩薩が軍神としても崇拝されるようになったことから、信秀が意図的にそうなるよう指図したのか。

それについてはどちらとも判らないが、安土、津島神社、伊勢内宮によって宗教的トライアングルが形成されることが明らかになった。

この結果を受けて安土の北にも注目してみると、ほぼ真北に湖上に浮かぶ竹生島があり、そこには安芸の厳島、相模の江ノ島と共に日本三大弁才天のひとつを祀る都久夫須麻《つくぶすま》神社があった。

ちなみに安土の経度は約136度08分37秒であり、竹生島のそれは約136度08分39秒で、両者間経度差から生じるずれは約420メートル。

それを両者間の地理的離間距離30キロメートルをもとに1キロメートル当たりのずれをみると、僅か14メートル余り。

安土城竣工後、信長は安土から七里半（約30キロ）ほど離れたこの神社を参詣し、持ち帰った弁才天の分霊を安土山中腹に建つ総見寺の本尊十一面観音と並び立つように祀らせている。

当初音楽の女神として妙音天などと呼ばれた弁才天は、その後稲の霊とされる宇賀神と同一化されると共に、室町時代には福徳賦与の七福神の一女神として庶民の間で広く信仰されるようになった。

またインドで河の神として信仰されていたことから水神の化身ともみなされ、主に水辺に祀られるようになった。

信長が弁才天の分霊を本尊と同様に祀ったことは、安土選定に当たってこの神社もまた彼に重要な宗教的影響を与えていたものと考えられた。

こうして安土を基点としてこの神社を北に、津島神社を東に仰ぐことでもうひとつ別の宗教的トライアングルが認められた。

前述の宗教的トライアングルよりそれの方が、湖上真北にあって現世利益の面から安土選定の際の宗教的決め手としてはより説得力があるように思われてきた。

それをもとに卒論では、居城地選定に当たって北に都久夫須痲神社、東に津島神社を仰ぐ安土が宗教的観点からも望ましい場所とされたのではないかと結論づけた。

卒論を仕上げる過程で、安土城は城郭として革新性を備えた城であると共に、他の城には見られない宗教的願望を象徴する特別な城として彼の中で位置付けられることになった。

その城の全容を精緻に描いたとされる「安土城図屏風」が行き方知れずの中、それの別双の発見は彼にとって当然エキサイティングなニュースだった。

それだけに取材に同行できて直接自分の目で屏風を見られるかもしれないと思うだけで、全身の血が熱っぽく騒ぎ出しそうだった。

その日の夕方、明後日午前７時５分発ＪＡＬ２０５１便で伊丹から福岡へ向かうと、水島から谷見に連絡が入った。

明日の取材を申し込んだが他にも取材申し込みがあり、明後日午後一時の約束になったとのこと。

永徳作の「安土城図屏風」ともなれば、地元メディアだけでなく全国的に取材申し込みがあっても当然だった。

明後日の都合を聞かれて、予定表の確認もせず同行すると即答して航空券の手配を頼んだ。

「伊丹発福岡着の便ということだが、大分の方が近くないのか」

「両空港から日田までの所要時間はどちらも2時間余りなんですが、福岡のほうが飛行機の発着便数が多く、そのぶん滞在時間を長く確保できるんです」

彼は電話を切るとすぐに明後日に一日有給休暇を取っても問題ないことを確認した後、飛行機出発30分余り前の空港到着を前提にして、京都駅八条口５時半発の空港行きリムジンバスに乗ることにした。

2日後の朝、谷見は修学旅行前日に興奮気味で寝付かれない中学生のように、4時に設定したアラームの鳴る前に起き出し、自宅からタクシーで八条口に向かい予定より一つ早いバスに乗り込んだ。

出発時刻の一時間余り前に搭乗ゲートに着いた彼は、しばらくそこで水島の来るのを待った。

やがて現れた彼女はいつもながらの素っぴんでお化粧っ気なしだったが、珍しく小粒のホワイトパールのイアリングを付けていた。

耳朶からぶら下がったそれが細かく揺れ動くのを見ると、無造作に束ねた後ろ髪がアップされて目に入る色白な襟足が、生え際の艶やかな黒髪に映えてついつい彼は目を奪われた。

予定通り飛び立った便は約1時間15分後に福岡空港へ到着。

9時前、二人は空港から水島が運転するレンタカーで日田へ向かった。

大宰府インターチェンジで九州自動車道を鳥栖まで往き、そこから大分自動車道に入って日田へ。

昨夜まるで寝付かれなかった谷見は車に乗り込むとまもなく助手席で居眠りを始めた。

一方の水島はこれから九州での取材に出向く緊張からか、ほとんど眠気を感じないまま車を飛ばした。

福岡を出ておよそ2時間。11時前に日田へ到着。

「早昼にしないか」

今朝は機内に持ち込んだコーヒーとサンドイッチを食べただけの二人は、数時間乗り物に揺られてふだんより早くお腹が空いていたせいもあって彼の提案に彼女も即同意。

取材先の家がある隈町は文禄二年（1593年）豊臣家の直轄地となった翌年に築城された日隈城の城下町で、三隈川を挟んで城の対岸に形成され現在に至っていた。

そこへ向かう前に二人は国の重要伝統建造物群保存地区に指定されている豆田町に立ち寄り、そこでお昼を取ることにした。

豆田町は隈町ができてから7年後、新たに月隈山に丸山城が築城された際に城の東側に形成され、その後花月川の対岸に移転し現在に至っている。

町内にある市営の駐車場に車を入れた後、二人は食事処を探して町を南北に走る上町《うわまち》通りをしばらく歩き、そこで見つけた鰻屋に入った。

今日一日の行動を踏まえて、スタミナをつけようとランチにはいささか贅沢な鯉の洗いと肝吸い付き鰻重定食を注文。

やがて運ばれてきた鰻重定食をゆっくりと味わった後、二人は魚町《いお》を通って御幸通りへ向かった。

腹ごなしがてら江戸情緒が色濃く残る町並みをしばし散策することにしたが、観光ではなく取材目的での訪問なので町の風情や買い物を楽しむモードとはならなかった。

12時半前、二人は豆田町から南へ1キロ半ほど離れた隅町へ徒歩で向かった。

❀

永徳の屏風が発見された家となれば、豆田町で見かけた時代を窺わせる民家ではないかと想像されたが、野添と表札のかかったその家は普通の入母屋造りの瓦葺二階建て木造家屋だった。

とはいえ、その母屋に面した庭の奥に漆喰壁が白くまぶしい切妻造りの瓦葺高床平屋の土蔵がある家は、そこかしこで見かけられるわけではなかった。

玄関脇に設置されたインターホーンを通して案内を請うと、まもなく玄関先に野添本人と思われる初老の男性が現れた。

水島は名刺を渡し挨拶を終えると、谷見をカメラマンだといって紹介した。

そういわれて一瞬エッと思ったが、取材関係者でもない彼がのこのこと付いてきたわけを説明するよりその方が都合がいいと思い直し、今日はよろしくお願いしますといって一礼した。

そこで一通りの挨拶が終った後、二人は庭に面したリビングルームに案内された。

そこで屏風を目にすることができるかもしれないと谷見は期待したが、残念ながらそこにはなかった。

それがどこにあるのか気にしていると、ソファに座るなり水島が屏風が見つかった経緯について尋ねた。

野添の家が建つ敷地はもともと日田商人の別邸跡地。

明治の初めその家が廃絶となり、３区画に分けて売りに出された跡地の一画を野添の曽祖父が購入。

以来野添家が四代に渡ってこの家に住む間に、祖父の代に家の改修と共に土蔵の改修もなされた。

それから50年以上が経過して今回、家の改修に合わせて土蔵の瓦の吹替え、外壁の漆喰塗替えに加えて、床の張り替えや床を支える支柱の補強等も併せて実施された。

その折、床下に降りた職人の一人がその一隅に浅く埋め込まれた木箱を発見。

桐材でできたその木箱の寸法は、横約1メートル90センチ縦約50センチ高さ約80センチ。

それを取り出して蓋を開けてみると、ぼろぼろになった油紙で包まれた麻袋が二つ。

油紙は手にした途端ぼろぼろになるほど脆くなっていたが、その袋の中に入っていた錦袋にはさして目立った損傷は見られなかった。

紐で閉じられた錦袋の口を開けて中のものを取り出すと、さらにそれは油紙で包まれていた。

それを取り外して広げてみると、一扇の幅が約60センチ高さ約170センチからなる六曲一双の屏風。

屏風の最小単位は扇。複数の扇がひとつにまとめられたものは曲と呼ばれ、四扇、六扇からなるものが主流だった。

また曲が左右一対からなるものは一双と呼ばれ、例えば六扇からなる曲が左右一対の屏風は六曲一双仕立てとなる。

また一双の左右の曲は別途、隻といわれ、それぞれ左隻、右隻と呼ばれる。

「はじめそれがどこのお城なのか絵を見ただけではわかりません。また落款も見当たらず、誰の手によるものかもわかりませんでした」

「それではどうしてそれが、狩野永徳作の『安土城図屏風』だとわかったのですか」

「屏風を入れた錦袋の中に手紙が入っていて、それでそれは永徳が大友宗麟に贈ったものだとわかったんです」

「その手紙は永徳の真筆だと判定されたのですか」

「それはまだ。その手紙の紙の年代、製法、材料、産地等を永徳の真筆とされる手紙のそれと比較した上で、筆跡鑑定をする必要があります」

「それでは添付の手紙が真筆かどうか、それが判明するまでにはそれなりに日数がかかりますね」

「そうだと思います。それよりたとえそれが真筆だと判明しても、肝心の絵そのものが永徳の手によるものかどうか、それはまた別の話」

「絵そのものの真贋判定ですか」

「その通りです。永徳本人ではなく彼の弟子の誰かの手によるものかもしれないし、また後世、狩野派の誰かが描いた可能性もあります」

「なるほど。それでは今後手紙と絵が本物かどうかの鑑定依頼をなされるおつもりですか」

「そのつもりです。ただ鑑定に時間もお金も相当かかるようなら実際どこまでやれるか、今のところ何ともいえません」

「ただ永徳の作かもしれないとなれば、市とか県とか行政の協力が得られるものと思われますが」

「そうなるよう働きかけはするつもりですが……」

「ところで、屏風は今どこに保管されているのですか」

「もちろん、我が家です」

「できれば手紙と併せて拝見させていただきたいのですが」

「構いませんよ」

それまで二人のやり取りを黙って聞いていた谷見は、ようやくその機が訪れたかと、はやる気持ちそのままに二人に先立ってソファから立ち上がった。

※

野添が廊下を挟んでリビングの向かいの和室の襖を開けると、二間続きの部屋いっぱいに六曲一双の屏風が左右に広げられ展示されていた。

部屋に一歩足を踏み入れてそれを目にした二人は、揃ってあっと小さく驚きの声を上げた。

金箔地に色鮮やかに彩色された右隻、墨の諧調で金箔地を巧みに生かした左隻。

その場で見る限りシミ、色褪せ、虫食い等の跡は見られず、それは四百年以上の時を経たものとはとても思われない瑞々しさでその場にあった。

それは年間を通して湿温の差が少なく紫外線も当たらない土蔵の床下の土中に、幾重にも梱包されて桐の箱に保管されていたからか。

一双の屏風はジグザグ状に広げられた両隻を斜めに寄せる形で配置されていて、二人は末広がりになった屏風の内側に座りそれを見ることになった。

これまで美術館や山鉾町の町屋の表座敷に横並びで展示された一双の屏風を見る機会はあったが、それに囲まれるように坐って観賞するのは初めてだった。

水島の右側に座った谷見はまず右隻に目を遣った。

昼の風景が描かれた右隻には様々な形状の金雲が画面全体に巧みに配置される中、安土山に建つ安土城や寺院、琵琶湖岸に建つ武家屋敷等が細かに彩色描写されていた。

画面が対角線上に二分され夜景が描かれた左隻では、上斜め半分に軒先の提灯で照らし出された天主閣、下斜め半分に川岸にもやって辺りを照らす提灯舟の一団等が金箔地に墨調鮮やかに墨一色で描かれていた。

その中で天主閣の上空を舞う白鳩とそれが銜える短冊は、その姿形が白塗りされ墨でその輪郭が描かれていた。

右隻の一扇から左隻の六扇まで計十二扇の絵を順に見て気づかされたのは、屏風ならではと思われる動きだった。

例えば、湖岸の武家屋敷内に建つ祠の屋根の白鳩に注目して右隻から左隻へ眼を移すと、天主閣の上空を舞う白鳩がまるで祠から夜空へと舞い上がったかのような錯覚を覚えた。

また左隻の各扇を行きつ戻りつ眺めていると、川岸にもやう提灯舟の一団がゆらゆらと揺れ動いているかのようにも感じられた。

彼は絵の出来栄えにいたく感動しながら、バッグからデジカメを取り出して野添に屏風の写真を撮る許可を求めた。

彼のカメラは一眼レフでもミラーレス一眼でもない素人向けのコンパクトデジカメだが、それ一台で接写から望遠までこなせる上にＡ４までのプリントなら画質的にも不満はなかった。

とはいえカメラマンと紹介された手前、コンデジ一台しか携帯していないことにいささか気恥ずかしさを覚えたが、その気持ちを振り払うように屏風に向けて盛んにシャッターを切った。

全体像は中腰になってパノラマモード撮影し、各隻についてはカメラを縦向きにしてワンフレームに収めると共に、主要部分については少しでも絵の色合いを忠実に撮れればとズームアップして撮った。

その際、右隻の祠の上の白鳩が銜える十字架にアルファベットが記されているのをファインダー越しに見つけた。

屏風に近づいて確かめると、十字架の上端から右回りにA、P、O、Tの4文字と縦横二本のバーのクロス部分にRの計5文字。

「お気づきだと思いますが、十字架にアルファベットが5文字記されていますね」

「ええ、きっと何か意味があるんでしょうが、それがどういう意味なのか今のところはわかりません。おそらく、キリシタンに関連することばだと思われますが…」

「なるほど。永徳は宗麟が受洗した事を知っていて、十字架とそれにちなんだことばをそこに書き込んだのかもしれませんね」

「そうだとして、永徳がキリシタンなら別ですが、彼はどうやってそのことばを知ったんでしょうか」

横で話を聞いていた水島が二人のやりとりに割って入った。

「当時、畿内において安土は高槻に並ぶキリシタンの拠点のひとつで、永徳が安土に滞在していた頃には聖職者養成施設であるセミナリヨを兼ねた修道院も設立されていた。そんな中で彼がキリシタンに接する機会があっても不思議はない」

「彼がキリシタンだったということはないんですか」

「それはないいな」

「どうしてそう断言できるんですか」

「狩野家は代々妙覚寺を檀那寺とする熱心な法華宗徒。また彼がキリシタンだったことを示す史料はこれまで見つかってない」

「確か宗麟はキリシタン信仰へ傾倒しながら当主の間は仏教徒のままで、宗旨替えしたのは当主の座を嫡男義統《よしむね》に譲った後。永徳の場合もそうしたケースが考えられませんか」

「どういうことだ」

彼女からの思わぬ突っ込みに、彼はやや詰問口調で尋ねた。

「安土に赴く前に彼は狩野家当主の座を弟宗秀に譲っています。当主の縛りがなくなった後なら宗旨替えもできぬ話ではないのでは。それに『安土城図屏風』はバリニャーノに贈られたわけで、製作者である彼と安土滞在中の彼とが出会う機会があってもおかしくないですよね」

「それは確かに否定できないが、会ったからといってそれで入信するかどうかはわからない。もし絵師として最高位の法印を授かった彼がキリシタンになっていたら、バテレン（司祭）とかイルマン（修道士）とかの誰かがその事を記録しないはずがない。そうなれば当然その事はバチカンへの年次報告書にも記載されるはず」

学生時代からの文学少女的発想が今も抜けない彼女に対して、彼は史料や事実に基づかない推論はできるだけ避けようとするタイプ。

「例えば、当時、京で高名をはせていた医師曲直瀬《まなせ》道三が改宗した件について、フロイスは彼の著『日本史』の中でわざわざ一章を設けて彼の改宗を絶賛している。もし永徳が同じように改宗していたら、間違いなくそのことを記録したはず」

彼は彼女のその場的思いつきにこれ以上は付き合えないといわんばかりに他に話題を向けた。

「ところで、天主閣の上空を舞う白鳩が銜える短冊に書き込まれているのは短歌か何かでしょうか」

彼は行書体で記されたそれを部分的にしか読み取れなかった。

　祠より　飛び立つ鳩の　行く先は
　　天に通じる　恵みあれかし

書も趣味のひとつとしている野添は、行書体にも通じていて声に出してそれを読んで聞かせた。

「素人解釈で恐縮ですが、右隻の祠を天国へ通じる地上の入口と想定して、そこから天主閣の上空へ舞い上がった左隻の白鳩が目指す行先は天国。白鳩に託して天国へ召されることを願った内容の短歌ではないでしょうか」

「この短歌には季語がないようですが……」

ここでまたしても水島が割って入った。

「俳句には季語を入れるという約束事がありますが、短歌にそれはありません」

市役所勤めを数年前に定年退職した野添にとって、俳句も様々な趣味のうちのひとつだった。

「そうなんですか。ところで、なぜ白鳩なんでしょうか。スポーツ大会の開会式等で平和のシンボルとして多数の鳩を一斉に飛び立たせますよね。この絵の白鳩も何かのシンボルか何かなんでしょうか」

短歌と俳句の約束事の違いを指摘されてもそれを気にする風もなく、彼女は続けて別な問い掛けをした。

「聞くところでは白鳩は聖霊のシンボルだとか」

「聖霊といいますと」

「クリスチャンではないので詳しい事は分りませんが、キリスト教の教えの中に三位一体論というのがあって、それは神とキリストと聖霊の三つが一つだという教えだそうです」

「それで聖霊はどんな役割を荷っているんですか」

「それは存じません」

「天使とはまた別な物なんでしょうか」

「そのへんの違いも分かりかねます」

「天使は聖霊のように神と一体のものではなく神の被造物だから、自ずとその役割も違うんじゃないのか。具体的にそれがどう違うか分らないけど」

水島からの質問に当惑気味な野添を見て、谷見がフォローに入った。

「いずれにしても永徳は白鳩が聖霊のシンボルだと承知していて、宗麟を喜ばせようと両隻にそれを描いたんでしょうね」


白鳩の件をそれなりに納得した水島は、屏風に添付された手紙の件に話題を変えた。

「差し支えなければ、永徳が宗麟に宛てた手紙も拝見したいのですが」

「大事なものなので金庫に保管してあるんです。リビングに戻って待っていて下さい」

まもなくリビングへ戻ってきた彼は手にした小さな錦袋から手紙を取り出し、表書きされた包を開けて折り畳まれた手紙をテーブルの上に広げた。

屏風と一緒に保管されていたせいか、それにも虫食いの跡や目立って変色した箇所は見当たらなかった。

行書体で書かれた文面は短冊の短歌以上に何が書かれてあるのか、二人にはほとんどわからなかった。

何とか読み取れたのは、文末に記された年月日の天正十年五月吉日と狩野永徳、大友宗麟の二人の名前ぐらいだった。

「どんな内容の手紙なんでしょうか」

「まず永徳は宗麟の居城丹生島城のそれに匹敵する安土城の素晴らしい景観の一端を披露したいから、と屏風贈呈の理由を記しています」

「当時安土城は他に類を見ない規模の豪華絢爛たる城。その城を丹生島城に匹敵するといって紹介するのは、やはり宗麟へのお世辞でしょうか」

「確か、永徳は丹生島城に一ヵ月余り滞在してその景観を知っている。そこで湖岸と湾岸に建つ両城の景観の素晴らしさを比べて見た時、必ずしもお世辞ではなく、優劣を付けがたいと彼はいっているんじゃないかな」

「それ以外に他に何か書かれてはいないんでしょうか」

彼女は谷見の反論を意に介する風もなく別な質問をした。

「そうですね。滞在した際に宗麟から聞かされた戦の件に言及しています」

「それはどのような」

「どこかの城攻めをした際、外から城中へ通じる抜け道を見つけてまんまんと城を奪い取ったという話です」

「それはどの戦なんですか」

「それについては何も。ただその戦話を懐かしく思い出したとあるばかりです」

「ところで話は変わりますが、この屏風がお宅の土蔵に保管されるに至った経緯について、野添さんご自身がご存知のことがあればお話しいただけませんか」

「先ほども話したようにここはもともと日田商人の別邸跡。詳しいことは分かりませんが、最初の持ち主は広大な山林を所有する材木商だったとか。その家は室町の頃から江戸初期頃迄続いたようですがその後廃絶。それを受けて別邸を買い取ったのが金貸し業だった大田屋で、明治初期までその家がここを所有していたわけです」

「最初の持ち主が室町の頃から続いた商家だとすると、宗麟との接点も考えられますね。それで二人に個人的な接点があったとして、これほど見事な屏風を書画骨董に目がなかったと評判の宗麟が譲ったりしますかね」

「宗麟ではなく彼の死後嫡男義統が手放したのかもしれない。彼は朝鮮出兵の際の不手際の責めを負わされ、秀吉から領地を没収され江戸お預けの身となっている。その際、金目のものと一緒にこの屏風も処分された可能性もある」

ここで谷見が物知り顔に口をはさんだ。

「それで材木商の手に渡ったとして、どうしてその屏風がこの家の土蔵の床下のそれも土中に埋められていたのか。この点について何か思い当たることはありませんか」

谷見が口にする前に彼が抱いている疑問について、水島が尋ねた。

「あくまで素人の私見ですが、白鳩が銜えている十字架に問題があったからではないかなと思われます」

「といいますと」

二人は野添からの思わぬ見解に、揃って身を乗り出すようにしてさらに説明を求めた。

「江戸開府後、家康が出したキリシタン禁教令に端を発するキリシタン弾圧は年を追って苛酷なものになっていきました。そしてついには島原の乱という悲劇を生んだわけですが、そうした状況下で十字架を銜えた白鳩を描き入れた屏風を手元に置くのはやはり憚られた。とはいえ永徳直筆でその出来栄えからいっても廃棄するには余りに惜しいものであり、それで止む無く土蔵の床下に隠したのではないか、というのがわたしの見立てです。それが日田の材木商か金貸しの太田屋のいずれの手によってなされたかはわかりませんが」

「なるほど、なるほど。その後徳川の時代が二百数十年続く間にそれがそこにあることがいつの間にか忘れ去られ、今日に至ったということですか」

野添の歴史を踏まえた見解に納得した水島は、それを機に時計を見て約束の時間が近づいているのを確認。

それに気づいた谷見は慌てて手紙も写真に撮らせてくれるよう申し出た。

テーブルに広げられた横幅50センチくらいの手紙の全文を撮るために立ち上がったものの、そのままでは両端が入り切らず背伸びをしてそれがフレームに収まるのを確認してからシャッターを切った。

さらに彼は屏風が秘匿されていた土蔵の中も見せてもらえないかと申し出た。

できれば土蔵内のどのあたりの床下で屏風が発見されたのか、その場所も写真に撮っておきたかった。

水島が腕時計の文字盤を指で二、三度叩いて時間がないことを合図してみせたが、それを無視するように彼は頼み込んだ。

嫌な顔もせず彼の申し出を了承した野添は二人を土蔵へ案内した。

リビングルームから向かって右手にある土蔵へはわずか十歩足らずの距離だが、いったん庭に降りて履物をはく必要があった。

野添は開いたままの観音扉の前に立つと、上半分が金網製の木製引き戸の鍵を開けて二人を中へ招じ入れた。

入り口向かい側の壁上部にある明り取りから春の光が盛んに差し込んでいて、中は思ったよりずっと明るかった。

室内を見回すと部屋の真ん中を縦に仕切るように棚が、また左右の壁沿いにも同様に棚が隙間なく置かれ、それぞれの棚には木箱類が所狭しと詰め込まれていた。

「どのあたりの床下で桐の箱は発見されたんですか」

野添は明り取りのすぐ下まで行くと、ここの床下隅だといってそこを指さした。

「ところでその木箱が発見されてから屏風が取り出されるまでを記録した写真とかはお持ちではないですか」

「箱の発見から中身の取出しまで一応写真に撮ってあります。後程メールで送りましょうか」

是非にといって谷見は急ぎメールアドレスを書いて渡した。

すでに約束の時間を30分余り過ぎていて、水島は彼の背中を二、三度小突き早急に事を切り上げるよう促した。

水島は取材を終え辞去するにあたって約束の時間をオーバーしたことを詫びてから、何か新事実が判ったら知らせてくれるよう頼むと共に、些少ですがといって野添に謝礼を渡した。

家を出るとすぐに、実際に目にした屏風の出来栄えから見て、あれは永徳の真筆に違いないと谷見がコメントすると、水島もそれに異論を唱えることなく同意した。

二人が日田を出たのが午後4時前。19時発の帰りの便には十分時間的余裕があったが、還りの運転を任された谷見は永徳の真筆だと実感できる屏風を間近に見た興奮から、制限速度に構わずアクセルを強く踏み込み続けた。

一方、助手席の水島は彼のデジカメからSDHCを抜き取ると、それを自身のタブレットに差し込んで写真をコピー。それに目を通すとさすがに疲れが出たのか、シートを倒すと間もなく、谷見の存在を気にする風もなく高いびきをかいて寝入った。

二章

元亀四年（1573年）七月二十一日、狩野家当主永徳は着任早々の京都所司代村井貞勝から、明朝、所司代屋敷へ出向くよう呼び出しを受けた。

何事か思い当たらぬまま、翌朝、彼が東洞院三条にある所司代屋敷へ向かうと、そこで貞勝から思いがけず彼がかつて描いた「洛中洛外図屏風」の所在について尋ねられた。

永禄七年（1564年）、室町幕府十三代将軍足利義輝は、彼の権勢を上回った三好長慶の病没を機に念願としていた将軍家の権威、権勢の回復を目指した。

そのため幕政を私しようとする長慶の残存勢力、松永久秀や三好三人衆等に対抗するため越後の上杉謙信の上洛を画策。

同年冬、彼は永徳に謙信の上洛を促す一助とすべく「洛中洛外図屏風」の制作を依頼。

その屏風を見れば彼が謙信に何を望んでいるか、それが判然とするような意匠を絵に施すことにした。

当時彼は武衛邸跡地に新築された邸宅を御所（二条御所）としていたが、そこではなく足利家全盛期に三代将軍義満が造営した室町第（花の御所）を御所として描き、そこへ向かう謙信一行と思しき一団を描くよう永徳に命じた。

そうすることで謙信に幕府復権への協力を促す意向を絵に込めようとした。


「洛中洛外図屏風」は祖父狩野元信が描いたものが二双あった。

一つは四十年近くも前に管領細川高国の依頼を受けて元信が制作したもの。

もう一つは二十年以上前に管領細川晴元の依頼でやはり元信が請け負って制作したもの。

永徳はそれらの下絵を参照したが、当然ながら当時と比べて洛内外の様子は変わっていた。

延暦寺と法華宗寺院との対立で下京は灰燼と化し上京も三分の一が焼失した「天文法華の乱」（1536年）から三十年近く、大きな災害や戦もなくその間に復興も進み、町家や町の数も増えて京の町は以前に増す活気を取り戻していた。

それでも権威が失墜した幕府復権の見通しが立たない中、義輝の要請を踏まえつつ永徳は、往時の都を思い描きながらそれを今の京に混在させ、京ならではの華やかで活気あふれた賑わい振りを事細かに描き込んだ。

全体の線描描きがほぼ終わり彩色に取り掛かろうとしたその矢先、松永久秀、三好三人衆等に二条御所を襲撃された義輝は、畳を盾に四方から迫った兵に刺殺され非業の死を遂げた。

通常、制作途上で依頼主が亡くなればそこで制作は打ち切られるが、永徳は今回ばかりはそうする気にはなれなかった。

さすがに事件による衝撃からしばらく制作を中断したものの、やがて彼は気を取り直し、事件からおよそ三か月半後の永禄八年（１５６５年）九月三日、洛中洛外図を描き上げた。

それを有力大名等に売り込めば引き取り手に困らなかったはずだが、彼はそうはしなかった。そうするには余りにも思い入れ深いものとなっていたから。

作品の出来栄えに満足していたことはいうまでもないが、義輝とは彼が十才の折に祖父元信に連れられて目通りを許されて以来の付合いであり、彼への思いを込めた作品でもあったからだ。

彼は義輝の要請に応じて現存しない花の御所内に成人となった彼の立ち姿を描くと共に、幼い頃から闘鶏を好んだ彼を懐かしみ、二条御所の門前に立って闘鶏を熱心に見入る彼と思しき少年も併せて描き込んだ。

三章

「洛中洛外図屏風」完成から三年が経過した永禄十一年（１５６８年）九月、信長に奉じられて義輝の実弟義昭が上洛。翌月、彼は室町幕府十五代将軍に就任。

それから半年も経たぬ翌年一月、信長は九ヵ条からなる「殿中御掟」を、さらに翌年一月には五ヵ条を追加して将軍である義昭の権限の制約を図った。

さらに二年後の元亀三年（１５７２年）九月、信長は天下を代弁する形で、将軍としての義昭の行動を天道に背くものとして厳しく非難する内容の「十七カ条の異見書」を突きつけた。

それによって両者の亀裂は決定的なものとなり、義昭の呼びかけに応えて西上を開始した甲斐武田信玄の快進撃に鼓舞された彼は、翌四年二月二十六日、信長打倒を旗印に二条御所で挙兵。

それに対して信長は和議を申し入れたが、それが拒絶されたのを受けて彼は、四月二日から三日にかけて賀茂から嵯峨野方面の洛外焼き討ちを命じた。

さらに翌四日、丑の刻（午前2時ごろ）から夕刻にかけて上京の焼き打ちを敢行し、土御門通から北の地域は内裏を除きほぼ全ての家屋が焼失。その数は六千から七千にも及んだ。

当然、上京誓願寺近くの狩野辻子《ずし》に居を構えていた狩野家の家屋もまた灰儘と化した。

事前に洛外焼討ちの次は洛中との噂を聞きつけた永徳は、仕事上で必要な品々、制作途上の作品等と共に「洛中洛外図屏風」も前日に自宅から持ち出し、信長から禁制を付与されていた檀那寺でもある妙覚寺に難を逃れた。

京の町を二分する上京の惨状を目の当たりにした義昭は、同月七日、和議の勅命を受け入れて止む無く信長と和議。

しかし同年七月三日、信玄の死去を知ってか知らずか、義昭は二条御所を三淵藤英等公家奉公衆に任せて宇治槇島城に立て籠もり再挙兵。

それも空しく同月十八日、義昭は信長の攻撃を前に降伏。実子義尋《よしひろ》を人質に差し出し、自らは枇杷庄（現城陽市）に退去。

それにより室町幕府は十五代をもって終焉を迎え、代わって信長が名実ともに京の支配者となった。

永徳が貞勝から呼び出し状を受け取ったのはそれからわずか三日後のこと。四月の上京焼き打ちにより焼失した自宅の再建がようやく終わろうとしている時だった。

「まことに残念なことながら、依頼主である先の公方様は屏風の完成を待たずして亡くなられました。しかしそれをそのまま捨て置く気にはなれず、その年の九月、何とか屏風を完成させました。ただ引き取り手のないもの。今もそれがしのところで預かっております」

「それは吉報。それでは明日にも信長様の御本陣、妙覚寺へその屏風を持参するように」

信長、とその名を聞いた途端、永徳のこころは不穏に騒ついた。

二年前、信長が平安の御世より都の鬼門（艮《うしとら》）を守護する比叡山の焼討ちを断行した際、永徳は彼の心底に余人では窺い知れぬ恐るべき魔物が潜んでいるのではないか、とそんな疑念を抱いた。今回自宅を含めた上京焼討を目の当たりにして、彼のその疑念ははっきり確信に変わった。

それは天下布武を掲げる信長が今後も同様の蛮行を繰り返す恐れを意味していた。

それだけに彼にとって信長は誰よりも忌避したい人物。その当人のもとにあの思い入れ深い屏風を持参せよと命じられ、その巡り合わせの余りの悪さに自身の不運を嘆かずにはいられなかった。

—それにしてもいったいどこからあの屏風のことを聞きつけたものやら。またそれを持参するように命じてどうするつもりか。買い取るつもりか、それとも有無をいわさず召し上げるつもりか。

「ついてはお訪ねする刻限はいかがいたしましょう」

「朝早く伺い、その場で下知を待つがよかろう」

所司代屋敷から自宅へ戻る道すがら、永徳はいつになく暗澹とした思いに囚われる中、やがてあの絵を見て信長がどう思うか、そのことが気になり始めた。

尾張の田舎侍でもあれを気に入らぬはずはないとの自負が先行したが、あの絵を召上げられたくないとの思いから、次第に彼があの絵を気に入らねばいいのにという思いに変わった。

帰宅すると弟子たちに命じて、久方ぶりに「洛中洛外図屛風」を客間に立て掛けさせた彼は、改めてそれを観るにつけ、それをそのまま手元に置いておきたい気持ちを新たにした。

四章

翌朝、眠りにつけぬまま朝を迎えた永徳は朝餉を早々に済ませると、屏風を積んだ荷車を引く弟子の一人を伴って家を出た。

信長の寄宿先妙覚寺は南北を二条から三条坊門、東西を室町から新町の各通りに囲まれた一画にあって、永徳の自宅からは半里余りの道のりだった。

明け方に降った俄か雨でぬかるんだ路上から薄煙の如く蒸気が立ち昇る中、彼は道すがらうっかりとぬかるみに足を踏み入れてしまった。泥水に濡れた草鞋から伝わる不快な感触を足裏に感じるとつい、信長との面会で覚えるであろう不快感を連想した。

そうして信長に会いたくないとの思いをいっそう強める一方、彼がいったいどんな人物なのか、直にあって確かめたいとの相反する思いも同時に抱いた。

義昭との戦が終わって間もないこともあり、普段と違って寺の周辺には数多く警備の兵が配置され物々しい状態だった。またいつもは誰もいない寺の門前には門兵が二名立っていた。

その内の一人に取り次ぎを請うと、貞勝からの連絡が行き届いていたからか、さほど待たされることもなく小姓の一人が現れて彼を客殿の控えの間に案内した。

四半刻足らずして先ほどの小姓が再び現れ、彼を庭に面した部屋の前まで導いた。

小姓が障子を開けると、中には先ほど運び込んだ「洛中洛外図屏風」が立て掛けられ、そのそばに一人の武将が立っていた。

「その方が狩野源四郎州信か」

甲高く澄んだその声はやさしく永徳の心に響いた。

その声を発した相手に目を遣ると、彼を見るその眼差しは柔和で、目の前の武将が本当に比叡山焼討や上京焼討を命じた張本人か、と戸惑いを覚えるほどだった。

戸惑う間もなく、いきなり信長から思わぬ問い掛けを受けた。

「屏風の右隻の左下隅と左隻の右下隅の二か所に円内壺形の印が捺されているが、それを選んだのはその方か」

何故そのような問いかけをするのかわからぬ中、彼は一瞬返答に詰まった。

「いえ、曾祖父正信の代からのものでございます」

「左様か。やはり〝壺中天〟のいわれからそれを取り入れたものか」

尾張の田舎侍と思っていた信長から〝壺中天〟のいわれ云々といわれ、永徳は内心驚きながら、そうだと答えた。

〝壺中天は、別天地という意味の壺天ということばをもとにできた造語。

それは後漢の「費長房伝」に伝わる話で、市場の役人だった費長房はたまたま商売を終えた薬売りの老人が店頭に掛けてあった壺の中に飛び込んで姿を消すのを目撃した。

後日その老人に頼み込み一緒に壺の中に入れてもらうと、そこにはきらびやかな宮殿があり、ふんだんに酒、魚等の御馳走が供される別天地だった。

そのいわれから正信は、この世にあるもの、ないもののいずれをも描き出す絵の世界もまた壺天に似た別天地、とみなして壺形の中に名を刻んだ印を用いた。

以来狩野家では四代目となる永徳もまた壺形印を用いた。

「今から十三年も前になるが、初めて上洛した際、わしは室町通り上京うら辻と呼ばれる所に寄宿した。それはこの屏風のどの辺りか」

「左隻の四扇目から五扇目の下辺にかけて描かれた公方邸のすぐ近くになります」

「はて、その当時公方（義輝）殿は妙覚寺を仮御所とし、その後武衛邸跡地に御所を構えたはず。公方が存命中にこの絵を描き始めたとすれば、公方邸はその地にあらねばなるまい。何ゆえそうではないのか」

絵に描かれた公方邸（室町第）と信長が上洛した際の寄宿先は、室町通りを挟んで向かい合う場所にあったから、彼が当時そこに公方邸がないことを知っていても不思議はなかった。

永徳がそれをどう説明したものか、しばし思案していると、更に信長は別な問いかけをした。

「それで公方殿が実際に御所を構えた武衛邸跡はどのあたりに描いてあるのか」

「右隻の六扇目から五扇目にかけた室町通り沿いでございます」

その辺りを覗き込むと今度は、そこに描かれた緋毛氈の鞍覆いをした二頭の馬について、それは誰の馬かと尋ねた。

当時、緋毛氈の鞍覆いは公方本人か、彼から使用を許されたごく限られた者のみ使用することができた。

「義輝様と父君義晴様の馬でございます」

「それはまた何とも面妖な。この屏風を描いた当時、義晴殿はとうの昔に亡くなられているうえ、義輝殿は三十路に近かったはず」

「左様にございます。幼い頃より闘鶏がお好きだった義輝様を偲んで、わたくしめが勝手に幼い義輝様と父君様のご両人を描き込みました」

「成程。それで肝心の当時の本人は画中に描かれていないのか」

「いえ、先ほどの公方邸の中の四扇目と五扇目の境目辺りに」

「両脇に二人の家臣を従えた紅緋色の直垂《ひたたれ》姿の武将か」

「左様にございます」

「それもその方が勝手に描き込んだものか」

「いえ、それは義輝様ご本人からのご要望でございます」

義輝の姿を確認するとつづいて、緋毛氈の鞍覆いをした馬が先頭をいく武士の一団に言及した。

「公方邸の北側の通りを行く武士団の中に駕籠に乗った人物が描いてあるが、いずれの武将か……」

「上杉様でございます」

「将軍家復権のために上杉殿の協力を願った先の公方が、今は失われた往時の御所に立つ自分と、そこへ向かう上杉殿を描きこませたという趣向か」

「お察しの通りかと」

「哀れよのう」

やや間を置いてからの思いがけぬ信長の一言。永徳は思わず、へっ、と戸惑いの声を発した。

「何事によらず頼るべきは己ひとりと、そう決めて事に当たらねば大事の成就は叶わぬもの」

「……」

「その方とて他人を頼っていたのではこのような屏風は描けまい」

「祖父の描いたものがありましたゆえ、それを頼りに描くことができました」

「頼ると利用するはおお違い。その方は祖父の描いたものを頼って描いたのではなく利用したまでのこと。これほどの出来栄え、他を頼っていては仕上げられまい。しばらく見入っていると、華やかで活気あふれた町にあって画中の者どもの盛んな掛け声や足音まで聞こえてきそうになる」

「恐れ入ります」

元信の屏風には感じられない絵全体から溢れ出てくるような華やかな躍動感は、自分ならではのものとそう自負していただけに、信長が口にしたことばは彼の矜持をすこぶるくすぐった。と同時に、彼の鑑賞眼を侮れぬものと思わずにはいられなかった。

「とにかくこの屏風は何やらわしをその気にさせる」

「と申されますと……」

信長が口にした〝その気〟ということば。それが何を意味するのか、蛮行を厭わぬ彼のことばだけに安易には聞き流せなかった。

「この屏風はそこに描かれてあるような都を今に実現してみろ、とこのわしをけしかけているようで、いつになくわくわくしてくるは」

──蛮行を厭わぬ罰当たりな信長が、自分が願う華やかで活気溢れた世の実現に向けて気持ちをそそられるとは。

信長が本気で画中に描かれたような都の実現に向けて寄与するつもりなのか否か、それが今この場にあって気になる所となった。

──もし彼が実際にそれに向けて尽力するなら、たとえどれほどの魔物が心底に潜んでいようとも彼を見直す余地があるかもしれない。

それまでの信長への嫌悪感、恐れ、恨みなどが払拭されたわけではなかったが、ここにきて彼への期待感が僅かながら芽生えたことも否めなかった。

「さてこの屏風の扱いじゃが、できることならこのわしの手元に置いて日々眺めていたいものだが、義輝殿の望みどおりにわしから上杉殿へ送り届けようと思う。異存はないか」

召し上げて自らのものにするのではなく上杉へ送るといわれて、その真意は計りかねたが、それを拒む理由は見出せなかった。

「義輝様にとってもまた屏風にとっても、贈られるはずだったお方のもとへ届けられれば本望かと存じます」

「この件の他にもう一つ、その方に頼みの件がある」

「はて、わたくしめで用が足ります事なれば」

「この屛風を見ているうちに思い立ったのだが、わしからも上杉殿へこれに劣らぬ屛風を贈りたい。そこでその方にその制作を頼みたい」

会う前なら彼からの発注を素直に喜べなかったはずだが、今の永徳は必ずしもそうではなくなっていた。

「お引き受けするにあたって、どのような画題をお望みでしょうか」

「それはその方に任せる。よきに図らへ」

「ところで、信長様はこの屛風の件、どなた様からお聞き及びになりましたか」

信長への思いに変化が生じたことで、昨日から気にかかっていた件を思い切って尋ねてみた。

「そなたもよく存じよりの先の関白殿じゃ」

信長が口にした先の関白とは近衛前久《さきひさ》。

永徳は前久が反信長勢力側に加担していると承知していたから、信長から彼の名を聞かされてどうにも合点しかねた。

—たしか今、関白は河内若江の三好義継の所に寄寓のはず。義継はいったん信長に降ったが、現在は本願寺を核とする反信長陣営に加担。そこに身を寄せる関白と信長との間にいったどのような接点があるというのか。

五章

近衛家は摂政、関白の位を世襲する五摂家筆頭の家柄で、天皇家だけでなく将軍家とも代々極めて近しい間柄。

近衛家からは二代に渡って息女が将軍家へ正室として輿入していて、前久の父稙家の妹慶寿院は義輝の父義晴の、前久の姉いちやは義輝のそれぞれ正室。

つまり彼と義輝は従兄同士でもあり、義理の兄弟でもあった。

永徳はその前久と彼が義輝の御所の座敷絵制作中に知り合った。

義輝を介して永徳を紹介された前久は、出来上がったばかりの四面からなる襖絵を目にするなり、魅入られたようにしばしそれに見入った。

向かって右二面には、巨大な梅の木が根元から途中の太い幹まで大きくうねるように下辺から上へ向かって描かれていた。

さらにそこから左右に泳ぐように伸びている枝々は、画面の枠を突き破りどこまでも外に伸びていくかのような勢い。

他方、四面に渡って左右に流れる川は梅の木の下にあって、それとは対照的にまるで流れが止まっているかのようなゆったりとした佇まい。

梅と川が本来の在り様とは逆の描き方。それにもかかわらずそれによって違和感を覚えるどころか二つは不思議と調和、共存していた。

前久は永徳の絵にそれまで味わったことのない新鮮味と面白みを感じ、それを機に彼との交流を積極的に求めた。

叔母慶寿院の殉死、父稙家の死去と二年続きの弔事の後、前久は「桜の御所」と呼ばれた近衛邸の座敷絵の新装を思い立ち、その制作を松栄、永徳父子に依頼した。

その年（永禄十一年）五月に始まった座敷絵制作は翌年二月に終了。

それから半年余り経った九月、念願の上洛を果たした義昭は時を移さず、前将軍義栄の将軍職就任にかかわった人物への報復措置を開始。

前久にとって義輝の実弟が将軍になったことは慶事のはずだったが、意外にも事態はそうはならなかった。

実兄義輝を弑逆した久秀、義継に対しては、信長の執り成しもあって領地を安堵する一方、勧修寺《かじゅうじ》晴右、高倉永相、水無瀬《みなせ》親氏等公家衆は蟄居又は離京を余儀なくされた。

その報復措置は前久にも及び、同年十一月、義昭から不興を買ったとして彼は摂津石山の地に逃れる羽目になった。

義昭将軍就任に向けて彼なりに奔走していただけに先の公卿衆とは違う立場であったが、前久への期待が大きかった分、義栄に後れを取ったことは義昭の彼への不満、不信を募らせる結果を招いた。それに加えて、以前にあった二つの事件も今回の仕儀に影響していた。

ひとつは永禄八年十一月、浄土宗末寺誓願寺泰翁の参内に対して、円福寺・三福寺の両寺が本山を差し置いての参内に苦情を申し立てた件で、前久は誓願寺側に理運ありと裁定した。円福寺の後ろ盾となっていた二条晴良と彼から執奏を依頼されていた一条院覚慶（後の義昭）もまた、その裁定に不満をあらわにした。

もう一つは永禄十年十月、正親町天皇の嫡子誠仁《さきひと》親王の上臈《じょうろう》御伊茶、目々典侍《ないしのすけ》の二人が揃って逐電した事件。

内侍司《ないしのつかさ》の長である上臈とそこの次官である典侍の逐電は、自らの面目に係わる事件としてお上から真相究明を命じられた前久は、事件の中心人物である権大納言久我通俊を逼塞させることで決着を図った。

久我家は還俗した義昭（当時義秋）を頼って穏便な処分を求めていたから、望むような結果にならなかったことは久我家だけでなく、義昭にとっても愉快なことではなかった。

前久が京を離れた直後、座敷絵の新装がなったばかりの近衛邸の母屋は解体され、息男信尹への家督相続の申請も却下された。

翌十二月、関白職を罷免された前久の後任には二条晴良が就任。

永禄八年の一件で義昭と交流が深まった彼は、朝倉氏のもとで行われた義昭の元服式に立ち会うためわざわざ越前に出向き、彼の歓心を買った。

それから五カ月余りが経って上洛した義昭が、前久ではなく晴良に好意を持っても不思議はなかった。

その後前久は真宗総本山石山本願寺の地、石山に三年余り留まったが、その間そこは反信長陣営の一大拠点となった。

元亀元年一月（1570年）、宗主顕如に石山からの退去を求めた信長に対して、同年九月、彼は信長に宣戦布告。

それから数か月後の翌二年一月、前久は石山を離れ、顕如の宣戦布告を機に反信長陣営に寝返った三好義継が治める河内若江へ移住した。

六章

妙覚寺の信長のもとを辞した永徳は、信長から依頼された屏風のことよりむしろ前久と信長のかかわりに心を奪われた。

どう考えても二人が「洛中洛外図屏風」を話題にする仲とは思えず、その件について近いうちにも前久の実弟聖護院門主道澄に尋ねてみようと思い立った。

聖護院の開基は園城寺の僧増誉。彼は白河上皇より熊野三山検校の地位と共に役行者《えんのぎょうじゃ》創建とされる常光寺を下賜され、それが聖護院沿革の始まり。その後、宮門跡寺院になると共に修験道の総本山となる。

永徳と道澄の付き合いは、かつて彼から「二十四孝図屏風」の制作依頼を受けて以来のもの。

二日後、永徳は手土産に墨で桔梗を描いた金箔の絵扇を一本手にして、賀茂川の東岸側勘《か》解由《げゆ》通り沿いにある聖護院へ向かった。

彼は道澄に無沙汰を詫びると早速、本日尋ねたわけを手短に話した。

「信長が『洛中洛外図屏風』の件を兄者人から聞き及んだという話、なかなかに面白い。それを知ってその方が不審に思うのも無理はない。聞くところでは、公方と信長との仲が修復不能となった頃、信長の方から兄者人へ望みとあれば帰洛が叶うよう尽力する旨の誘いがあったとのこと。それを機に時折、文のやり取りがある模様」

「そのやり取りの中で屏風の件も話題になったということでしょうか」

「そういう事になるかな。ところで、つい数日前に届いた知らせで兄者人は河内若江を出たとのこと」

「それはまた何ゆえ」

「若江城主三好義継が枇杷庄に身を寄せていた公方を受け入れることになったからではないか」

義継の正妻は義昭の父義晴の娘で、義昭と義継は義理の兄弟。

義昭が若江に寄寓するとなれば、それまでの経緯からして前久がそのまま若江に留まるのはいかにも不都合。

「それで今度はどちらへ」

「丹波氷上郡黒井の赤井直正のもととのこと」

彼は本願寺に加勢する反信長陣営の一人。

「して赤井様とはどのようなご縁で」

「われらが妹の嫁ぎ先でな」

「左様でしたか」

「ところで、関白様は信長様からの先ほどの申し出にどう対応されるおつもりでしょう」

「今回のそれも含めてこれまでの寄寓先はすべて反信長陣営。それからしてふつうに考えれば予想はできよう。しかしながら果たしてそのとおりになるものやら。これまでから兄者人がわしの予想に反する行動を取るのは珍しくないからな」

いかにも含みのある道澄のいい様。

「兄者人にしてみれば、今や京の支配者となった信長の尽力で帰洛できれば、再び摂関家筆頭の家柄に相応しい立場を取り戻せよう。それは今の立場に反するとはいえ、やはり心動かされる誘いではないか」

「成程。それはそうだとして、関白様の帰洛に尽力する信長様の思惑は奈辺にあるものやら」

「つい先日知れたことだが、この春四月、甲斐の信玄が亡くなった模様」

「何と三ヶ月も前に」

「できることなら外部には知られたくない一件だからな。そうならないようにしばし伏せていたに違いないない」

「それはまたどういう訳で」

「隙あらばいつ何時なりとも取って喰おうかという乱世にあって、大黒柱の急逝を外部に知られることは決して得策ではあるまい」

「そのようなものですか」

「とはいえ、いずれわかること。このわしでさえ知りえたことなれば、多数の乱波《らっぱ》を甲斐に忍ばせている信長なれば、ずっと以前にこの件を知っていたにちがいない。それを知った上であの者は、あの屏風を上杉に贈る算段をしたのではあるまいか」

「いったいそれはどういうことでしょう」

「川中島の戦いで知られるように、謙信にとって信玄は長きに渡る宿敵。また信長にしても、昨年（元亀三年）十二月、三方が原の戦で織田・徳川軍は信玄の前に敗退し、あの者の西上を止められなかった。それだけに信玄が亡くなったとなれば、信長、謙信双方にとって武田を潰すまたとない好機。本願寺との戦がいまだ決着を見ない中、信長が謙信と結託して武田潰しを画策しても不思議はあるまい」

「それでは、武田潰しに向けた思惑から信長様はあの屏風の贈呈を……」

「さもありなん」

—信長による謙信への屏風贈呈にそうした思惑があろうとは。あの屏風が謙信上洛の願いを込めて制作されたことから、信長はそれを餌に謙信に取り入るべく、自らの手で贈呈しようと図ったのか。

知らぬ間にあの屏風が政略の具に使われようとしていると知って、この屏風はわしをその気にさせる等といった信長のことばが、本心からのものかどうか俄かに怪しく思われてきた。

―たとえそうだとしても、もともと政略的思惑から発注された屏風。それが公方でなく信長に利用されるだけのこと。絵師として心得るべきは、己の立場を弁《わきま》えて政略の渦中に巻き込まれないようにすることではないか。

「もしや信長様から関白様への誘いもまた、上杉様絡みの思惑からということでしょうか」

前久と謙信はかつて昵懇の間柄。

永禄二年、謙信が二度目の上洛をして半年ばかり在京した際、彼と意気投合した前久は一味同心の血書を交わすまでの仲となった。

翌年、彼は謙信の関東制覇の一助にならんと関白職を辞して越後へ下向。そうはしたものの望み通り関東における事態は好転せず、二年後の八月、越後を離れて帰洛。まもなく二人の仲は途絶した。

「それはどうかな。信長の兄者人への誘いは越後や甲斐絡みではなく、狙いはやはり近衛家の人脈であろう」

代々将軍家とのつながりが深い近衛家は各地の紛争の調停や斡旋役を果たしてきた。前久の父稙家を筆頭に伯父で先代の聖護院門主道増、同じく伯父大覚寺門主義俊、伯父久我晴道等はいずれも将軍家の意向を受けて調停や斡旋のため各地へ派遣された。

五摂家筆頭の立場から官位授与にも深くかかわる近衛家はまた、地方大名からの官位授与の申し出を仲介した。

また近衛家に将軍家との橋渡し役を求める大名も少なくなかった。

豊後の大友宗麟は将軍義晴の偏諱を賜った際、九州探題に任ぜられた際、将軍義輝の相伴衆となった際等いずれも近衛家を頼った。

さらに応仁の乱以降その全てを失ったが、かつて近衛家は薩摩、大隅、肥後、日向等の地に広大な荘園を所有していたことから、肥後の相良氏、薩摩の島津氏とのかかわりも深かった。

「まこと信長が天下布武を目指すとなれば、やがて九州もその視野に入ってこよう。あの者にしてもこの先、兄者人と手を組んでおいて損はなかろう。また京の支配者となった今、朝廷とうまく渡り合うためにも朝廷のしきたりや内情を塾知している兄者人が役に立たぬはずはない」

道澄から信長がすでに九州支配まで視野に入れて天下布武への布石を打っていると教えら

れ、彼が京を支配したこれまでの武将とは決定的に違い、天下人になりうる武将なのかもしれないと思われてきた。

――ひょっとすると、まこと信長は京に往時の治世をもたらすかもしれない。

七章

永徳は聖護院から帰宅すると、信長から依頼された屏風をどのようなものにするか、それに向けて頭を切り替えた。

謙信は前久の父稙家から和歌の奥義である古今伝授を授かるほどに和歌に通じ、雅歌を読むのを得意としていた。また種々ある物語の中でもとくに「源氏物語」を好んで読んでいた。そのことを前久から聞き及んでいた永徳は画題を「源氏物語」とし、物語のどの場面を描くか、土佐派が描いた「源氏物語絵巻」等も思い起こしながらその検討に入った。

「源氏物語」は主人公光の生涯を軸に、彼と彼に係わる多数の人物が複雑に絡み合いあって展開する波乱に充ちた恋愛物語。

帝の子として生まれた光は万人が羨む才色兼備の皇子。

その彼が道ならぬ恋情と知りながら義母に当たる女御藤壺と不義密通に及び、因果の胤《たね》を宿す仕儀となる。

時が流れ、父桐壷帝、藤壺、彼の正妻葵上も亡くなった後、正妻として迎えた女三宮が彼のよく知る中納言柏木と不義密通し、因果の胤を宿すことに。

不義の当事者だった彼が、一転して不義をされる側に立たされる事態を前にして、かつて自らが犯した不義ゆえの因果応報かと彼はその理《ことわり》の前になす術を知らない。

永徳は人々の羨望の的であった光が因果の小車に翻弄される様を見て、人の世の哀れさを思い遣らずにはいられなかった。

その思いを踏まえて土佐派が得意とする四季絵的要素は排除し、右隻には若紫、紅葉賀、賢木、左隻には若菜、柏木、幻の各巻から、因果応報の理をよく伝える場面を選ぶことにした。

桐壷帝、藤壺、光の三者が若宮を前にして同席する場面、女三宮が出産した若宮を光が抱く場面等がすぐに脳裏に浮かんだ。

六つの場面の選定をし終えた彼は、後は謙信がそれらの場面を気に入ることを願うばかりだった。

その年（天正元年）、師走も半ばを迎える頃に完成した「源氏物語図屏風」は、「洛中洛外図屏風」と共に年末、岐阜の信長のもとに送られた。

その間信長は、同年八月、宿敵越前朝倉、浅井連合軍を攻め滅ぼし、翌九月から十月にかけては北伊勢の一向一揆を攻め立てた。十一月に入ると松永久秀の居城多聞城、三好義継の居城若江城を攻め、久秀、義継の両名を自刃に追いやった。

翌天正二年三月、信長は佐々成政を使者に立て二双の屏風を謙信のもとに送り届けた。

成政は桶狭間の戦で兄隼人正が討死後に佐々家の当主となり、母衣《ほろ》衆二十人のうちの一人として信長に仕えていた。

母衣衆は馬廻りや小姓の中から、信長がとくに優れている者を選んだ彼の直属集団。

無事大役を果たし帰還した成政は、謙信の非常な喜びようと、同盟を実現させたいとする彼の意向を信長に伝えた。

「『洛中洛外図屏風』制作の経緯をお伝えすると、上杉様はあらためて前公方の死を悼まれておられました。またわざわざそれを送り届けられた信長様には深く感謝する旨を伝えるようにと仰せつかりました」

義輝が謙信に贈るつもりだった屏風を送られて、謙信の信長への心証がよくならないはずがなかった。

「わしからの屏風についてはいかがであった」

「上杉様は『源氏物語』を御愛読とのことで、それもあってか殊の外御喜びでした」

信長は一段優れた武将と見ていた謙信が「源氏物語」を愛読していると聞き、口にこそ出さなかったが一驚を禁じ得なかった。

信長は妻妾を持とうとしない彼を、男色一辺倒の輩と思っていただけに、その彼がおなごの手になる公家の恋愛物語に興味を持っていることは何とも合点がいかなかった。

——謙信め、役立たずの公家どもの艶話に心惹かれるとは。どうやらわしが思っていたよりちと毛色の変わった輩のようだ。

常日頃から信長は、義昭同様、世にあって何ほどの役に立つとも追われない天皇や公家衆を京から追いやれないかと思っていた。そうは思っても、遷都以来七百年以上に渡って京に居座る彼らは易々と駆逐できる代物ではなかった。

とくに為政者としての立場はとうに武家の手に委ねられているとはいえ、官位の叙任権や紛争終結を促す勅命等の権威を持つ天皇を追放すれば、朝敵の汚名を着せられさらに多くの敵を相手に回すことになりかねなかった。

だからといって彼らをそのままにしておく気はなく、天下布武の大望が果たされた暁には「天命思想」を根拠にそれなりの措置を講ずるつもりだった。

儒教にあっては天を宇宙における至上の人格神とし、天下は天が君臨する民と地からなるとする敬天思想がある。

それに基づいて説かれた「天命思想」は、天下の為政者は天命に叶う撫民仁政を行う有徳君主たるべきで、王政下での世襲君主ではないとする考えであり、〝天下は天下の天下なり〟として時宜にかなった君主交代を唱えるものだった。

屏風が届けられてから三か月後の六月末、信長のもとに謙信から武田挟撃を約する旨の書面が届き、折り返し彼も同様の書面を送り返した。

その年（天正二年）一月、信玄の跡を襲った勝頼が東美濃明智城を陥落せしめ、五月には遠江高天神城を攻略。さらに同年九月には永禄五年以来信長と同盟を結ぶ徳川家康の居城浜松城攻めを敢行した。

桶狭間の戦で今川義元が討死したのを機に今川氏から独立し、三河、遠江を領する大名となっていた家康は、勝頼侵攻を機に信長、謙信の反武田陣営に加わった。

一方、同年九月、信長は三年前に開始した伊勢長島の一向一揆攻めを終結させると、翌三年一月、明智光秀を総大将として丹波攻めを開始した。

それによって前久が寄居する丹波黒井城も攻撃の的となり、彼が今後どのような身の振り方をするか、永徳の気にするところとなった。

同年五月、長篠で勝頼軍と対峙した信長・家康連合軍は、三段構えに配置した鉄砲隊を前面に押し立てた銃撃戦で、武田の誇る騎馬隊を完膚なきまでに撃退し、勝頼軍を這う這うの体で甲斐へ敗走せしめた。

八章

天正三年（1575年）六月二十六日、丹波攻めが続行する中、信長による天皇への奏請が叶い、前久が七年ぶりに帰洛。

在京中だった信長から永徳に呼び出しがかかったのは、それから間もなくのことだった。

今回は所司代村井貞勝を通さず、小姓の一人が直接彼のもとを訪れ、明後日、信長が滞在する相国寺に参るようにとの言付け。

宰相を意味する相国を号する相国寺は、義満が明徳三年（1392年）自邸近くに建立した臨済宗の禅寺で、東西が烏丸通りから鴨川沿い、南北は北小路通りから上御霊社境に囲まれた広大な境内を有し、天龍寺に次ぐ京都五山第二の寺であった。

信長との面会は一昨年の七月以来二度目となる。

永徳はその間の信長の戦勝を喜ぶ一方、彼の敵方への残虐行為を伝え聞くにつけ、その喜びも大きく減殺された。

とりわけ昨年（天正二年）六月から九月にかけて行われた伊勢長島の一向一揆攻めにおけ

る凄惨な報復行為は、改めて信長の心中に潜むと覚しき魔物の恐ろしさを生々しく思い知らせた。

元亀元年五月、天正元年九月と二度にわたって行われた長島攻めは、いずれも一向宗徒の頑強な抵抗にあってその勢力を屈服させるまでには至らなかった。その際の無念さもあって、三度目となる攻撃は実に容赦のないものとなった。

長島砦の宗徒との和睦を受け入れた信長は、砦から舟で海上へ出てきた宗徒に向けて鉄砲による一斉射撃を命じ彼らの大多数を殺害した。

また残った他の二つの砦の周りを柵で囲って出られないようにした後、そこに火を放って中に居る数千名の宗徒を生きながらに焼き殺した。

――いずれの行為も到底、人間による仕業とは思えぬもの。信長が今後さらにどれほどの魔物ぶりを発揮することか。思うだにおぞましいが、かといって信長以外のいったい誰がこの打ち続く乱世に終りをもたらすことができようか。

永徳の自宅から丑寅（東北東）の方角に四半里余り先にある寺の総門の前で門番に案内を請うと、まもなく一昨日彼の自宅を訪れた小姓が現れ、信長の御座所となっている方丈に案内された。

前回妙覚寺に信長を訪れた際に見られた寺の周辺を物々しく警備する兵は見当たらず、京の治安が着実に回復していることを実感させられた。

しばらく案内された部屋で待していると、一定の間を置いてその下にある支持石を打ちつける添水《そうず》から甲高く澄んだ竹の音が辺りの静けさを際立たせた。

その音に聴き入っているうちに、再び信長から呼び出されたことへの不安が不思議と鎮まっていった。

そこへ前回同様、柔和な顔つきの信長が足早に現れた。

「その方に頼んだ屏風だが、上杉殿はたいそうな気に入りようだったとのこと。その方、あの御仁が好むところを承知のうえであれを描いたのか」

何の挨拶もないままにいきなりの問い掛け。

「以前、上杉様が『源氏物語』を愛読されていると関白様からお聞きしておりましたゆえ」

「成程。絵師も人との付き合いが大事ということか。ところでずいぶん長々しいと聞くあの物語の中から、何を目安にあの六つの場面を選んだのか」

「さすれば自分が最も心惹かれた話の中から、それに相応しいと思われる場面を取り上げました」

「その方が心惹かれた話とは」

「まずもって主人公光と義母藤壺中宮との不義による若宮の誕生があり、その後に光の正妻女三宮の不義による若宮誕生と相成ります。このように因果応報の理をよく現わすと思われる一連の出来事に心惹かれ、それに見合った場面を選びました」

「妻妾を持たぬ上杉殿は、男女の交わり等にはとんと関心がないと思っておったが、その御仁が因果の胤を宿す男女の物語のどこに心惹かれるものやら。その方、あの御仁があの物語に心惹かれる訳を何とみる」

前回同様、またしても信長からの思いがけぬ問い掛け。

彼は疑念に及んだ事柄は即刻尋ねずにはおけない質なのかと思いながら、どう返答したものか、これにもまた即答できないでいた。

―物語を読む理由を男女の交わりに興味を持つか持たぬかで判断すれば、妻妾を持たぬ謙信が源氏を愛読することは腑に落ちぬ気もする。しかし男女の交わりに興味はなくとも、それに伴う男女の悲しくもあわれな人生に心惹かれて物語を愛読することはありうるのではないか。

「信長様には妻妾がおありで、御息男、御息女にも恵まれておいでになりますが、あの物語を読んでみようというお気持ちはおありですか」

「ないな」

一顧だにしないが如き返答。

「男女の交わりに興味があってあの物語を読む場合もあればそうならない場合もあるように、男女の交わりに興味がなくてもあの物語を愛読されることはありうるのではないかと」

「それは例えばどのような場合をいうのか」

「私事で恐縮ですが、あの物語の一連の出来事に心惹かれるのは、そこに人生のあわれを覚えるからです。たとえ男女の交わりに関心がなくとも、物語を通して伝わるあわれさに共感できれば愛読することもありうることかと」

「あわれさか。武士として日々戦さに明け暮れる中、人生にそれを感じたところでそれが何かしら戦さの役に立つとも思われぬが」

「不躾ながら、信長様は人生を何とお感じになっておられますか」

「生は寄なり死は帰なり、と申すではないか」

初めて耳にする諺に永徳はその意味するところが分からなかった。

「〝き〟の二文字はどのような字を当てますものやら。わたくしめ、寡聞にして存じませんもので」

「ひとつめは寄居、寄寓の寄。二つ目は行き帰りの帰。最初の寄は一時住まう仮住居の意。二つ目のそれは最後に人が行き着く先のことじゃ。その諺に従えば、人生は仮寓に過ぎず、はかなさこそが人生といえるのではないか。まことそう思いそう感じることができれば、戦に臨んで恐れるものは何もない」

——人生寄なりと観じて恐れるものは何もないからと、あのような非道で無慈悲な所業も断行できるということか。

そうは思ってもまさかそれをそのまま口にするわけにもいかず、永徳は物思いに耽るように押し黙った。

「いささか話が脇へそれた。今日その方を呼び出したのは他でもない。種々障屏画を頼もうと思うてな」

「種々と申されますと」

「まだ公にはしておらぬが、年内にも岐阜の城を嫡男信忠に譲り、それに代わる居城を安土に築く所存」

安土といわれてもその地がどの辺りにあるのか、京に生まれ育った永徳にとってそれはまるで馴染みのない在所。

「ついては城館の所々に障屏画を所望じゃ。どうじゃ、この頼み引き受けてくれるか」

「新城の障屏画となれば大がかりな画業となるはず。絵師として身に余る光栄ですが、家業を預かる身として親族とも話し合ったうえで後日お返事ができればと思います」

安土がどこにあるかもわからぬ上に画業が長期間に及ぶことが想定される中、その場で依頼されるまま仕事を引き受けることは躊躇された。

信長は岐阜と京を往復する際、中山道を草津まで行き、そこから東海道を近江大津を経て京へ入った。その際草津の二つ手前の宿場武佐《むさ》と愛知《えち》川の中間にある安土へ時々立寄っていた。

元亀元年（１５７０年）二月二十六日から翌月四日までその地にある常楽寺に逗留したのを皮切りに、翌年九月、翌々年三月とそれまでに三度その地に滞在した。

彼は五年も前から新たな居城を構える算段をしていて、戦略、地勢、政、気候等の各観点に加え宗教上の観点からもその地の利するところを確かめ、安土を新城の地に相応しい場所として選定した。

九章

永徳は帰洛した前久を近々にも訪ねようと、彼の都合を尋ねるべく彼の仮寓先大覚寺へ使いを遣った。

上立売通りと小川通りが交差する御霊辻子《ごりょうつじ》と呼ばれる界隈にあった前久の屋敷は、義昭の命で解体されたままで、止む無く彼は寺の門跡である弟尊信を頼ってそこを仮寓としていた。

嵯峨天皇の離宮を寺に改めて創建された大覚寺は、嵯峨天皇の孫恒寂法親王が開基となり、皇室ゆかりの門跡寺院であると共に真言宗大覚寺派の総本山であった。

三日後、永徳は大覚寺に前久を訪ねた。

天皇の離宮だった頃、御座所であった正寝殿の御冠の間の床の間には、かつて元信が描いた山水画が張付け絵として今もそこにあった。

この画を見る機会もあればと思うと、八年振りとなる前久との再会への期待はいちだんと膨らんだ。

信長より二つ年下で永徳より七つ年上の前久は、この年不惑の年四十才。

そのせいか或は面の皮がよほど厚いのか、目の前に見る彼は長の流浪生活の苦労がまるでなかったかのように、以前と変わらぬ穏やかで落ち着いた表情を浮かべていた。

しかしその表情の裏には決して表には出さぬ穏やかならぬ内面の葛藤があったはずだと、容易に推察はされた。

型通りの挨拶を終えると、いきなり信長との関係を尋ねるのもどうかと思い、永徳は安土築城の件をまず話題に取り上げた。

「実は先日信長様から呼び出しを受けまして、その折の話では年内にも岐阜の城を嫡男信忠様に譲り、来年には新たに居城を築城されるとのこと。この件お聞き及びでしょうか」

「いや初耳じゃ。して、それはどこに」

「近江安土とのことです」

「安土といえば湖東の湖畔にある在所。そこからなら岐阜よりも随分と京に近く、一日で入京できよう。しかし、将軍不在の京の支配者としてお上をお守りする立場からいって、新城は洛中かそれでなくとももっと京の近くにとは考えられなかったものか」

こういうと永徳から視線を外し、しばし押し黙った。

「それはさておき、いまだ公にされていない中で安土築城の件を何故その方に話されたものやら」

「ついてはその城の障屏画一切をわたくしめに任せたい、とのご依頼ゆえに」

「成程。それは願ってもない申し出と思われるが、それを承諾されたのか」

「実のところどうしたものかと迷っております」

「何ゆえ」

「その規模にもよりますが、新城の障屏画となればどれほどの年月を要するかわかりません。そうなると家業を誰か他の者に任せ、弟子の何人かを連れて安土へ移り住むことになります」

「それで迷っておるのか。しかし新城の障屏画を全面的に任せられる機会などそうはなかろう。思う存分腕を振るえる機会ではないのか」

「そういわれればそうですが……」

この機会は二度と巡って来ないかもしれない、と思いながらも彼は決断できないでいた。

「まだ父御も健在な上に親族も弟子も大勢いるのだから。何人か手伝いの弟子を連れていったとしても、残った者たちで家業の遣り繰りはできるのではないか」

「やってやれないことはないと思いますが……」

「何やらこのわしには、京を離れるのが厭さゆえの迷い事のようにも聞こえるが」

「それもあるにはあるのですが……」

元信から家業繁盛のための処世術として教わったことの中に、特定の顧客のみを相手にせず様々な階層の顧客を受け入れるように、との教えがあった。

それは幕府御用絵師だった初代正信の時代、将軍家凋落と共に幕府からの発注が減少し、家業に差し障りが出たことを踏まえてのことだった。

その教えを踏まえると、この度の信長からの依頼を引き受けた場合、彼の御用絵師の如くになり彼の今後の成行きによっては家業が大きく左右されかねなかった。

それゆえ依頼を引き受けたとしても今後とも家業がこれまでどおり成り立つかどうか、その見極めができてからという思いもあってなかなか決断できないでいた。

それに加えてもう一つ、看過できない気がかりなことがあった。

「正直申しまして、決断できないでいる理由の一つに、信長様がどういうお方なのかどうにも計りかねているものですから」

「さもありなん」

間髪入れず相槌が打たれた。

「あのお方はこれまでわたくしがお見受けしたどの武将の方々に比べても明らかに型破り。天下布武に向けてのご活躍は今後ますます期待されるところですが、およそ常人の所業とは思えぬ報復措置を聞き及びますと、心底に魔物の類でも潜んでいるのではないかとさえ危惧されます。ついては本当にこのお方に天下を任せてよいものか、とも思われるにつけ安土へ参ることに踏ん切りがつけられません」

「さもあらん」

またしても同様の相槌。

「ちなみに関白様は信長様をどのように見ておられるのか。聞くところでは、あのお方からの働き掛けに応じて今回帰洛を叶えられたとか。それはあのお方を天下人に値すると御判断されたからでしょうか」

しばらく考えるふりをしてから前久は、おもむろに口を開いた。

「かつて今の世の中を立て直そうと上杉殿と意気投合して越後まで下向したことがある。あの御仁が人に優れた武将であることに間違いはないが、上洛して世の中を立て直せるほどの器量の持ち主かといえば、残念ながらそうではなかった」

「何ゆえそう思われますのか」

上洛した謙信を治世をもたらす武将とほれ込んで前久が越後へ下向した翌年（永禄四年）、謙信は上杉憲政に代わって関東管領に就任。

それ以降現在まで十数年間、彼は関東平定を目指して武蔵、信濃、上野を主戦場に武田、北条を相手に戦っていたが、戦況は一進一退。思うように所期の目的は果たされないままであった。

「あの御仁は所詮、生国を離れて事に当たることができぬ越後の武将。一方の織田殿はどうか。あの御仁は生国にこだわることなく清州から小牧、小牧から岐阜へと居城を移し、さらに安土へ移城とのこと。まこと天下を目指す者なら、その時々の必要に応じてかくあらねばなるまい。大望を成し遂げるためには何が大事か、あの御仁はそれを踏まえて事に当たれる器量の持ち主と見た」

「そう見られた故にあのお方の誘いに応じられたのですか」

「そういうことになるかな。問題は、あの御仁が口にする天下が何を目指すかじゃ」

「と申されますと」

「上洛後に義昭殿から副将軍、管領のいずれかの職を打診された際、あの御仁は躊躇なくそれを断った。いずれの職であれ、それを受け入れることが天下布武の大望に資するとは考えなかったからだ」

「それは、自ら将軍になろうと望まれてのことでしょうか」

「それならさほど心配することもないのだが……」

「……」

「あの御仁の官位を存じておるか」

「いえ、存じませせぬ」

「義昭殿を奉じて上洛した際の織田殿のそれは従五位下弾正忠」

　弾正忠とは律令官制を構成する八省から独立した警察組織弾正台にあって、四つある階級の内の三番目のもの。

　しかも当時の弾正台の役割は検非違使に移管されて実質的には有名無実の組織。

「さらに元亀元年以降官位を名乗らなくなった。ふつうなら上洛を果たした時点で官位の昇叙を望むもの。そうしなかったのは将軍だけでなくお上の権威をも拒むつもりだからではないのか」

「お上の権威をも、とはどのような事でしょうか」

「皇城鎮護に資する聖域叡山焼討ちなどという暴挙も、そのことの表れではなかったか」

「すると単に山門の僧兵に対する報復のためだけではなく、お上の権威をも畏れぬことを世に知らしめようとして……」

「少なくともあの当時わしはそう思っておった。ところが昨年（天正二年）その姿勢に変化が見られた」

「といいますと」

「昨年三月、あの御仁は従三位参議への叙任を受け入れた」

「参議といえば大臣、納言に次ぐ官職では」

「そのとおりじゃ。しかも従三位といえば中納言、近衛大将等と同じ位階」

「それは臣下としてお上にお仕えしようとする意思の表れでは」

「それならばいいのだが……」

そういうと前久は目を細めて、庭先に広がる広大な池の方を物静かに見やった。

その時突然、一匹の鯉が周囲の静けさを打ち破り、ブルンと身震いするかのような音を立てて水面から飛び出してきた。

その鯉は空中で一瞬胴体をしならせるや否や、今度はバシャリとさらに大きな水音を立てて再び水面下に戻った。

「織田殿は洛外及び上京焼き討ちの後、お上へ義昭殿との和議の勅命を申し立てられた。それを受けて両者に勅命が下され、それまで和議の申し出を頑なに拒んでいた義昭殿もそれに同意。そうせざるを得ないように外堀を埋めてからの策とはいえ、それによって将軍家に対して今もってお上の権威が通用することをあの御仁も理解されたはず。とはいえ、果たしてそのことがあの御仁のお上の権威への尊重に結びつくかどうか……」

「従三位参議になってもなお、その心配は晴れぬと」

「その方から安土築城の話を聞き、いちだんとその心配が増した」

「それはまたどういうわけで」

「安土への築城は、臣下として京にあってまことお上をお護りする腹づもりがないことの現れではないのか」

「そうだとしても今後それがお上を蔑ろにすることにまでつながるかどうか、そこまではいえないのでは……」

「当面はその方の申す通りであろう。心配なのは天下布武の成就がなった後じゃ。先ほどその方も申したようにあの御仁は、他の武将とは比べようのない型破り。天下人になった後、われらが思いもかけぬことを仕掛けてくるやもしれぬ」

ここで永徳に新たな疑念が生じた。

「そのように信長様への不安がおありになりながら、何ゆえあのお方からの誘いをお受けになられたのですか」

永徳からの不躾な問いに前久は思わず苦笑いした。

「平安遷都以来われら公家の務めはお上を守り奉ること。身を賭してそれを果たすことが何よりわれらに求められている務め」

そういうとそれ以上の問いには答えられぬ、といわんばかりに口を真一文字に結んだ。

—関白は信長の誘いに乗ったほうが逆に、お上を守ることにつながるとでも考えているのだろうか。そうだとして今後どうお上を信長から守るつもりか。いずれにしても何の目算もなく関白が動くとも思われぬが……

「とにかくいまはあの御仁のやりたいようにやらせるまで。どこまでやるか或はやれるか、間近な所で見てみようではないか。先ほどの鯉のようにいったんはわれらが耳目を驚かしても、その後は水面下で大人しくしてくれればそれが一番なのだが」

永徳は信長からの依頼にどう応えるか、前久による彼の人物評が参考になればと期待したが、彼が稀代の型破りで先々が読み切れない人物ということが一層明らかになっただけだった。

それでも前久が口にしたように、彼もまた不安を覚えつつも信長を間近で見てみようと心に決めた。

十章

天正四年（1576年）二月、それまで河内若江、堺、由良、紀伊と各地を転々としていた義昭は、紀伊泊城から毛利氏が支配する備後鞆《とも》の浦《うら》へ移居した。

毛利氏が信長打倒を図る彼を受け入れられたことは、取りも直さず毛利氏による信長への宣戦布告を意味した。

毛利氏の当主は元就死去後その跡を継いだ孫の輝元。

元就の時代に支配地とした長門、周防、安芸、備後、備中、石見、伯耆に加えて、二人の叔父小早川隆景、吉川元春の助けもあって毛利氏は播磨、美作、因幡、但馬の一部まで支配地を拡大。それは信長の版図に匹敵する領地だった。

また、同年二月、時を同じくしてそれまで同盟関係にあった謙信が、義昭からの上洛要請に応えるべく信長との関係を絶った。

こうして本願寺勢力、勝頼率いる武田氏に加えて、毛利、上杉と新たに強力な反信長勢力が生まれた。

東西から挟撃される状況となった信長は石山本願寺攻めに主力を傾ける一方で、武田氏に対しては北条氏と徳川氏による牽制を、上杉氏に対しては越後と国を接する陸奥探題で米沢城主伊達輝宗による牽制を画策。

他方、対毛利対策として九州滞在中の前久に九州有力諸大名との連携促進を図るよう命じた。

前年（天正三年）九月、帰洛後三ヶ月も経ない前久は信長から九州諸大名との連携を図るべく九州下向を命じられた。

当時九州は豊後に加え豊前、筑後、筑前、肥後の一部を支配地とする大友氏、薩摩、大隅に加え日向の南部に侵攻する島津氏の二氏がほぼ九州の大半を支配下に置いていた。

同月二十日、京を発った彼はまず豊後に立ち寄り、府中で大友氏嫡男義統、臼杵で近衛家とは旧知の間柄である当主宗麟と面会。

十数年前に臼杵丹生島城に移居した宗麟はそこで当主としての務めを果たしながら、府中には義統を留めて家督移譲の時期を窺っていた。

その後前久は球磨《くま》、芦北、八代《やつしろ》の肥後三郡を支配する相良氏を八代に訪ねた。

前久の父稙家は当主義陽《よしひ》の先代晴広、先々代義滋の官位、偏諱等の斡旋を行い両家は旧知の間柄。

翌天正四年三月、薩摩出水《いずみ》で越年した前久は近衛家とはやはり旧知の島津氏を鹿児島に訪ねた。

当主義久は稙家の斡旋で義輝からの偏諱を賜り、義久の父貴久の陸奥守任官、義久の修理太夫任官に当たっても稙家・前久父子が尽力。

三ヶ月ほど鹿児島に滞在した前久は帰路再び八代の相良氏を訪ね、国を接する島津氏との間の紛争終結を図って滞在期間を延長し、両氏から和睦承諾を取り付けた。

この年（天正四年）十二月末、前久は大友氏が用意した船で一年三ヶ月余り滞在した九州を後にした。

その間信長を取り巻く情勢が厳しくなる中、彼からのさらなる要請を受けて大友、相良、島津の三氏には彼への協力をいっそう働きかけた。

とくに宗麟に対しては、かつて豊前門司城、筑前立花城を巡って長らく敵対した毛利氏の領土の割譲を協力の見返りに持ち出した。

十一章

天正四年（1576年）二月二十三日、毛利、上杉といった新たな反信長勢力が形成され信長の今後に影を落としかねない状況下、永徳は嫡男光信以下数名の弟子を伴い安土へ発った。

それに先立ち元信の教えを踏まえて家業に差し障りがないようにする手立てとして、彼は狩野家当主の座を弟の宗秀に譲ることにした。

そうして家から自由な身で画業に打ち込めば、たとえ信長の命運に左右される事態になっても、狩野家に迷惑をかけることにはならないと判断された。

宗秀は初め家督の委譲を固辞したが、家業第一を考えての決断だといわれてそれを承諾した。

永徳はその年正月から造作が始まった安土城主郭の規模、造り、間取り等を知るに及んで、本当にこんなものが建てられるのか、と半信半疑の思いに囚われた。

地階を含めて地上六階からなる主郭の高さは十六、五間（約33メートル）。これに礎石部分約五間半（約10メートル）を加えると全高は二十二間（約44メートル）。

当時洛中にあってこの高さに匹敵する建物といえば東寺五重塔で、その高さは三十二間（約58メートル）。

下から見上げた際にそれがいかにも高い、という印象を持ったことを永徳は今もはっきり覚えていた。

但し、塔の最上階の屋根から突き出た相輪部分を除くとその高さは約二十四間（43メートル）余りとほぼ同じ高さになるが、造りの面で双方は決定的に異なっていた。

仏塔である五重塔の外観は五層だが、内部は吹き抜けで座敷等はなかった。

一方の主郭は屋根裏となる四階を除き、信長の御座所や対面の間がある一階の他に二、三階にも座敷があり、五階には八角堂がその上の最上階には三間四方の仏堂が造られることになっていた。

かように主郭はおよそ五重塔とは比べ物にならないほど複雑な構造であり、建物自体の規模も断然大きいものになった。

そこで描くよう求められたのは、座敷のある各階の各部屋の障屛画と五，六階の壁画であった。

それらについて信長はそれぞれ画題や画材に関して大まかな指示を出した。

唐様仏堂形式の最上階には儒教関連図。仏塔を模したと思われる八角堂の五階には仏教関連図。三階には花鳥図、二階には道教関連図。また一階の信長の御座所には水墨画、対面の間、御座には鳥図といった諸指示。

併せて一階の御座所を除き、すべて金箔地に彩色を施すようにとの指示も加えられた。

こうした事前の指示をもとに永徳は画題を絞り込み、それをどういう構図、画体で描くか京を発つ前からさかんに構想を練った。

画体（筆法）については元信が、宋、元の絵師による明確な輪郭線で形態を描く骨法用筆の特徴をもとに、書の楷、行、草の書体に倣い真、行、草の三つの画体を確立していた。

代々家に伝わる貴重な種本を家から持ち出すことは控えねばならず、構想を練り上げた上で彼は安土へ赴いた。

最終的に選定された画題は最上階では三皇五帝、孔門十哲、竹林七賢、五階では釈迦十大弟子、釈迦説法、六道絵。

また三階では松、鷹、龍虎、鳳凰等、二階では西王母、駒、仙人等、一階の御座所、付書院では墨梅、遠寺晩鐘等、対面の間では鵞鳥、御座では雉、鳩等々。

その間、信長は前年（天正三年）八月、越前の一向一揆を平定。

同年十一月、安土への移居を前に嫡男信忠へ家督譲渡した信長は、昨年に引き続き官位の昇叙を受けて従三位権大納言及び右近衛大将に任ぜられた。

権大納言、近衛大将は共に定数外の令外官だが、従三位への位階昇叙を受けてそれになる資格が得られた。

近衛大将は内裏内の警護、お上の侍衛を担当する近衛府の長官で、主に大臣、納言がそれを兼任した。

かつて信長のように昇叙したのは十二代将軍義晴で、彼は征夷大将軍叙任後に従三位権大納言及び右近衛大将に昇叙。

前例を見る限り、征夷大将軍にならず従三位、権大納言、近衛大将になった武将は信長の他にはいなかった。そうなった理由の一つはその任にある義昭がなお存命中だったからだ。

永徳は信長昇叙の報を聞いて、彼がまこと臣下たることを公にした証ではと期待を抱く一方、彼が稀代の型破りであることを踏まえると、それが将来に渡ってお上の権威を尊重する証にはならない事も承知していた。

ただ今後とも彼がさらなる昇叙を望み、位人臣を極めることになれば、前久が抱く危惧も杞憂に終わるかもしれないとの期待もあった。

十二章

永徳が安土へ移って三年余りが経った天正七年（1579年）五月二十一日、当初の彼の不安を嘲笑うかのように天主閣と命名された主閣が堂々の竣工。

彼が手がけた内部の装飾はもとより、外観のそれもまたかつて誰も目にしたことない豪華絢爛たるものだった。

命名に当たっては臨済宗禅僧策彦《さくげん》周良がその選定を任された。

かつて永徳が描いた「二十四孝図屏風」に賛を書いた彼もまた、型破りな信長に吸い寄せられるように彼のために一役買わされていた。

天主閣の他に本丸、二の丸、三の丸と城館はあったが、信長が第一にこだわった天主閣の障屏画、壁画の仕事をかつてない緊張感の中で無事に終え、永徳は久しぶりの安堵感に浸った。

彼はまた信長を黙って見入らせるその出来栄えを前にして、安土での画業に満足感を覚えずにはいられなかった。

と同時に狩野家当主だった頃の煩瑣な雑用に追われることなく画業に打ち込めたことを、

信長に感謝してもといいとさえ思った。

永徳が安土へ移住してからそれまでの間、反信長勢力の拡大にもかかわらず信長による天下布武へ向けた動きは引き続き目に見える形で進捗していた。

天正五年（1577年）二月から三月にかけて雑賀・根来の一向一揆平定。

同年十月、謀反に及んだ松永久秀を信貴山城で討ち取り、翌月上旬、但馬竹田城攻略。同月下旬、播磨上月城の攻撃を開始し、翌六年七月これを陥落。

また同年十一月、一昨年七月に敗退の憂き目にあった毛利水軍を、巨大な軍船六艘を配備して木津川口で撃破。

当時、安宅船《あたけぶね》と呼ばれた最大の軍船は長さ十間（約18メートル）、幅五間（約9メートル）。

一方、信長が紀州九鬼水軍に建造させた軍船は長さ十三間（約23，5メートル）、幅七間（約12メートル）と安宅船より一回り大きい上に、外周を鉄張りとして先の海戦で大打撃を蒙った投げ炮烙からの攻撃を防いだ。

その勝利によって毛利方による石山本願寺への海上からの物資補給路は断たれた。

しかし、万事ことがうまく運んでいたわけではなかった。

天正五年九月、信長との同盟関係を絶った上杉勢により、柴田勝家率いる織田勢が加賀手取川の戦で敗退。

それにより北陸路を京へ向かう上杉勢の脅威に備える事態になったが、それから半年も経たぬ翌年三月、謙信が居城春日山城で病没。享年四十九才。

またその間、信長にとって手痛い謀反が相次いだ。

天正六年二月、久秀に次いで播磨三木城主別所長春が謀反。

さらに同年十月、摂津有岡城主荒木村重が本願寺、毛利、義昭等と通じて謀反。

かつて信長が義昭と敵対した際に帰順した村重は、その後大坂の地を含む摂津一職支配を任されるほど厚く信頼された。

摂津石山を本拠とする本願寺との戦が続く中、そこから僅か三里半余りの地にある有岡城にあって摂津一国を任せた村重の謀反だけに、信長にとってそれは由々しき事態であった。

彼は村重配下の高槻城主高山右近に対して、協力すれば彼が信仰するキリシタンの支援を約束する一方、そうでなければ弾圧を、と脅迫して彼の協力を得るなどして、翌年十一月村重が脱出した後の有岡城を開城させた。


天正八年（1580年）正月、永徳は信長から屏風の制作を依頼された。

それは安土山に聳え立つ安土城と道路、水路、町並みが整備された城下町の光景を「洛中洛外図屏風」のように事細かに描くようにというもの。

かつて「洛中洛外図屏風」を描いた際には元信が描いたそれを参照できたが、今回は参照すべき種本はなく一から事を始めなければならなかった。

信長の指示を受けてまずはどの位置から天主閣を中心にした城郭群を描くか、それを決める必要があった。

天主閣を北に見る大手道方面からか、それを南西に見る七曲ヶ鼻《ななまがりがはな》道辺りからか、或はそれを南にみる薬師平辺りからにするか。

それを決めるために大手道から臨む天主閣についてはその途中に仮設の櫓を建て、高石垣の上に並び立つ城郭群の威容を下書きした。

七曲ヶ鼻道から臨むそれについては、湖岸近くの沖合に浮かぶ弁天島からその景観を求め、薬師平辺りから臨むそれについては、城郭内の北端にある菅屋邸の屋根に上って下絵をものにした。

最終的には信長の命により六曲一双の右隻に大手道から臨む城郭群を、左隻には安土山の西側周辺に広がる城下町の景観を描くことになった。

同年六月、安土城と城下町が事細かに描かれた「安土城図屏風」が完成。

天主閣の外観の色そのままに金箔地に彩色された右隻図は、観る者が思わず息を呑むほどまばゆく光り輝いていた。

中でも格別に色鮮やかな外観を誇る六階と五階は、金箔地の屏風上で一段とその色鮮やかさを鮮明にした。

三間四方の六階の外観は金箔の柱、鉄黒漆塗りの狭間戸、周り縁を囲む朱塗りの欄干。それに赤黄色の屋根瓦に金箔の軒瓦。

赤黄色の屋根瓦は唐人一官に焼かせたもので、明の紫禁城の黄色の屋根瓦を似せて作らせたもの。

また五階の八角堂の外観は朱塗りの柱、周り縁を囲む黒塗りの欄干、縁下の端板には鯱と飛龍の色彩画。それに青灰色の屋根瓦に金箔の軒瓦。

二か月後の八月、「安土城図屏風」を叡覧した正親町天皇はそれを是非にと所望したが、信長はその願いをすげなく退けた。

永徳はその話を伝え聞き、信長によるお上への配慮に欠けた対応が一体何を意味するのか、つい考えさせられた。

—これまでも二度ばかりあったはずだが、今年に入ってからもお上による勅命のおかげで本願寺との長きに渡る戦を終わらせることが出来たのではないか。その恩義を思えば、お上が所望された屏風を無下に断るとは何とも恩知らずな話ではないか。

天正七年十二月、信長から石山本願寺との和睦を促す勅命要請に応じて勅命が発せられ、それを受けて前久が交渉役となって信長から提示された条件受諾に向けた交渉がなされた。

翌年閏三月、顕如が石山を退去することなどを条件に双方の和睦がなり、十年に及んだ本願寺との戦が終結した。

—信長のお上に対する礼を失した対応が今後さらに度を越すようなことになれば、関白が危惧していた事態もあり得ぬ話ではなくなってくる。

十三章

天正七年（1579年）マカオを出立したイエズス会巡察師バリニャーノは、その年の七月、肥前有馬領口之津に上陸。

翌八年四月、彼が提唱した聖職者養成のための初等教育施設セミナリヨが有馬と安土に開設された。

同年八月、彼は陸路で豊後へ向かい府内で大友義統に面会後、臼杵で宗麟に面会。

翌月その地でイエズス会協議会を開催し、十一月には当地にノビシャド（修練院）を開設。それはキリシタンの数が急増する中、日本人による日本人のための布教活動が急務となり、それに対応するための初等修錬施設。

翌九年一月、ノビシャドでの修錬を終えた者を対象にしたコレジオ（学院）が府内に開設され、神学、ラテン語、音楽、数学等の講義が行われた。

翌二月、彼は大友氏の用意した船で豊後日出を発ち、瀬戸内海経由で同月十三日、堺に到着。

その後、八尾、若江、高槻等を経て同月二十二日、入京。同月二十五日、本能寺で信長に面会。

三日後、京での馬揃えの場に招かれた彼は、お上が臨席する御所築地《ついじ》外の行宮《あんぐう》で貴賓扱いされ、信長によるキリシタンへの厚遇振りが公の場で明らかにされた。

永禄十二年（１５６９年）四月、お上は仏教界や公家衆等からの求めに応じてバテレン追放の綸旨を発した。

それに先立つ同月八日、信長は彼らに対して京での居住と布教を約する朱印状を与えていた。

五月下旬、司祭フロイスと修道士ロレンソは岐阜に信長を訪ね、彼から改めて京での居住と布教の保護を約された。

その際彼は〝内裏も公方様も気にするには及ばぬ。すべては予の権力下にあり、予が述べることのみを行い、汝は欲するところにいるがよい〟と応じた。

六年後の天正三年、信長からの建設許可を得て老朽化した京の修道院の全面改築が着手され、畿内に住むキリシタンの尽力により三階建ての聖堂南蛮寺が完成。

二年後にはその献堂式が行われ、お上の意向に反して京でのキリシタン活動は盛んに行われていた。

さらに天正八年（1580年）四月、信長が下付した安土山の南側麓近くの用地に、高山右近などによる惜しみない支援もあって、僅か一カ月足らずでセミナリオを兼ねた瓦葺三階建修道院が完成。

信長によるキリシタン支援が継続される中、馬揃えでのバリニャーノへの歓待ぶりは公然とお上の意向を無視したものであった。

昨年の屏風の一件に引き続き、信長のこうしたお上への対応は永徳に今後への不安を一段と募らせた。

馬揃えが行われてから旬日余りが経った三月半ば、バリニャーノは都地区で京、高槻に並ぶ布教の拠点としたい安土へ向かった。

七月半ばまでその地に滞在した彼は、その間数度に渡り信長と面談して彼との親交を深める一方、都地区の司教を安土に招集して宣教師協議会を開催し、今後の布教活動の在り方について協議した。

七月上旬、バリニャーノが月内に安土を発つことを知った信長は、彼に「安土城図屏風」を寄贈したい旨を伝えた。

それに対して彼は、ことばと違ってより直截にシナ、インド及びヨーロッパで安土城の威容を紹介できるとして、ありがたく頂戴する旨の返答をした。

永徳は屏風がバテレンに寄贈され海外に持ち出されると聞いて驚く一方、遥か遠い異国の地であの屏風がどのように受け止められるか、絵師として気にするところとなった。

かつて彼はバテレンがもたらした西洋画を見る機会があった。それは主に布教のために制作された銅版による聖画だったが、中には異国の生活ぶりを窺わせる世俗画もあった。

それらはおよそ鑑賞に耐えるものではなかったが、それには日本画にない描画法が用いられていた。

それは画面に奥行き感を出す工夫で、遠景、中景、近景のそれぞれが放射状に配置され、遠くのものは小さく近くになるにつれて景物は大きく描かれていた。また陰影描写によって景物に立体感を生み出していた。

永徳が描く絵にそうした工夫はなかったものの、彼が手掛けた屏風では様々な形状の金雲を巧みに配置することで、画面に奥行き感を出す工夫が施されていた。

異国での屏風に対する反応もさることながら、この件で何より気になったのはバテレンに屏風を贈る信長の真意であった。

—単にあのバテレンを個人的に気に入ったからではあるまい。確かにそれをバテレンに託せば、異国の為政者等に自らの威勢を知らしめることができる。しかし果たしてそうしたいがためだけの申し出であろうか。お上が所望の屏風をバテレンに寄贈することは、取りも直さずお上の気持ちを逆なでする行為ではないか。それを敢えて行うのは、今回またしても自身がお上を意のままにできることを世間に知らしめたいがためではないのか。

永徳にそう思わせる出来事が馬揃え以前、以後に渡って幾つかあった。

天正四年十一月、正三位内大臣を叙任した信長は、翌五年十一月、従二位右大臣。翌六年一月、正二位へと立て続けに昇叙。

ところが、同年四月、突如として彼は位階はそのままに右大臣、右近衛大将を辞任。

表向きの辞任理由は天下布武の大業がいまだ成就していないからというもので、それが成就の暁には登用勅命が下されれば幸甚であると答えていた。

本年（天正九年）三月、二度にわたる馬揃えの朝賞として公家の最上首左大臣に推任されるが、彼はこれを辞退。

また五年前、二条晴良邸を接収してそれを自らの京屋敷とした信長は、二年前それを下御所としてお上の第一継承者誠仁親王へ献上。

それにより親王を自らの側に引き寄せようと意のままにならぬお上と親王の住まいを分け、内裏の分断を図ったのではないか等と噂された。

――官職辞任を初めとして、親王への二条邸献上、左大臣推任辞退。そのいずれもがお上のそれより自己の意向を優先させ、お上の面目を蔑ろにする行為。今回のバテレンへの屏風寄贈もまたしかり。

そう考えると、この先さらに信長が様々な機会をとらえ、お上の権威失墜を謀ることはほぼ間違いないものと思わざるをえなくなった。

―何より武士の棟梁たる信長に期待される役割は、お上を首と仰ぎ皇城鎮護に奉仕することではないのか。信長にどこまでそれを無視した振る舞いが許されようか。

永徳はかつて元信が〝お上は京の臍《へそ》〟と云っていたことを思い起こしていた。

臍あればこそ胎内にあって人は新たに生まれ出ることができる。その臍を守るのは武家に限らずわれら町衆の務めでもある。もしそれを脅かす者があれば、われら町衆としても力を合わせてそれを排除しなければならない。

彼は前久とは違う立場で、お上を守るために彼なりにできることがあればそれをしなくてはならない、との思いを強くしていた。

十四章

天正九年（1581年）七月十五日、盂蘭盆会の最終日、城郭が立ち並ぶ安土山の南西山腹に七堂伽藍を備えた総見寺が竣工。

その境内に四つの条文からなる高札が掲げられた。

その主たる内容は当寺への参詣により万人は富と健康とが得られるという現世利益を謳うものであったが、その中の一つに永徳が見過ごせない条文があった。

それは信長の生誕日を聖なる日とし、当日の寺への参詣を命じるものであった。

平安から鎌倉時代にかけて盛んになっていった有職故実《ゆうそくこじつ》に則り、当時誕生祝、成育祝、成人祝等の一連の行事がそれに相応しいとされる特定の日に行われていたが、個人の生誕日を聖なる日として祝うことは行われていなかった。

信長は神の子である耶蘇（Ｊｅｓｕｓ）の生誕日が盛大に祝われる聖誕祭に倣ってそうしたものと思われた。

―信長が聖なる人物ならいざ知らず、これまでの彼の所業の数々からいって彼ほど聖人に程遠い人物も他にあるまい。

当時、聖人とは中国で理想の皇帝とされる堯、舜や、儒家孔子等の知徳に優れ万人から世の師表として仰がれる人物を指した。

—信長のように自らを聖人として人々に崇めるよう働きかけても、無理やり人を戦に駆り出すように人の心まで左右できるものではない。それが判らぬ信長ではあるまいに、それを敢えてやったとなれば、決まってそこに何か隠された意図があるはず。

盂蘭盆会から一カ月ほど経った八月半ば過ぎ、伊賀攻めに備えて大坂所司代津田信澄は安土に戻っていた。

彼は信長の実弟信行の嫡男で、信行が謀反の咎で誘殺された後、信長は生まれたばかりの彼を柴田勝家に預けた。

その後彼は七才で元服して津田姓を名乗り、十四才で近江高島郡新庄城主磯野員昌《かずまさ》の養嗣子となった。

天正六年二月、信長の勘気を蒙った員昌出奔の後を受け、彼は信長の命により新たに築城された大溝城城主となった。

大溝城は琵琶湖西岸北にあり、西岸南にある坂本城と共に対岸にある安土城の重要な支城のひとつとなった。

信長の彼への信頼は厚く、本願寺が石山から退却後に若干二十三才で大坂所司代を任せられた。

また京で催された馬揃えの際、信澄は親族からなる連枝衆の中で嫡男信忠、次男信雄、異母弟信包《のぶかね》、三男信孝に続き五番目に登場。引き連れた騎馬武者十騎は三男信孝と同数で、信長による彼の重用ぶりの一端が窺われた。

永徳は安土に来てからほどなく信長から信澄を紹介された。以来、彼とはあいさつを交わす程度の付き合いに過ぎなかったが、永徳は信長の三兄弟には抱くことがなかった好感を彼には抱いた。

信澄は生後間もなく母親からも引き離され他人に預けられる苦労を経ていたからか、人当たりがよく人の話に耳を傾ける謙虚さを持ち合せていた。

それもあって彼から絵扇を依頼された時、当面の大仕事が終わり次第すぐにも、といって永徳は快諾した。

彼は信澄が安土に戻っていることを知って、以前頼まれていた絵扇の件を思い出し、早速扇面画に取り掛かった。

信澄から受けた印象をもとにして、地面近くまで垂れる数本の花序《かじょ》に薄紫の花弁を付けた山藤を淡い彩色で描いた。

華やかな佇まいを見せながら何かしら物淋しさを漂わせる藤の花と同様の印象を、眉目秀麗な彼の眼差しの中に感じ取っていたから。

八月末、永徳は山藤の扇面画を絵扇に仕上げたものを手にして、安土滞在中の信澄のもとを訪ねた。

寄宿先である百々《どど》橋近くの寺を出た後、途中で水路を往来する小舟に乗り七曲ヶ鼻と呼ばれる湖岸沿いにある信澄邸へ向かった。

屋敷前には湖とつながる水路が走っていて、彼は小舟を降りると水路沿いに面する屋敷の裏門へ向かい、そこで案内を請うた。まもなく現れた家士の一人に用件をいうと、丁重に屋敷内に案内された。

遠侍の間のある建物内の控えの間でしばらく待たされた後、小姓の一人に導かれて主殿へ向かった。廊下をしばらく歩き途中で右手に折れると、左手に湖岸に沿って前庭が広がっていた。

白砂が敷かれた庭には、塀の高さを越えないよう刈り込まれた金木犀の木が塀伝いに隙間なく植え込まれていて、その並びの真ん中あたりには祠が一棟建てられていた。

永徳が何気なくその祠に目を遣ると、金木犀の木立の隙間からその背後を動く人影らしきものがちらりと目に入った。

通り過ぎざまもう一度振り返って見たが、すでにそれらしきものは見受けられなかった。

見間違いかと思いながらそのまま歩いていくと、その先に渡り廊下でつながる離れ家があった。

小姓は離れを仕切る障子の前で跪くと永徳が来たことを告げ、内からの許しを待って障子を開けた。

中に入るように促された彼が部屋に一歩足を踏み入れると、嗅覚以外の他の感覚すべてが麻痺させられてしまうほどの得もいわれぬ芳香に見舞われた。

「狩野殿、如何なされた」

信澄に声をかけられ初めて、挨拶も忘れてその場に立ちつくす自分に気づかされた。

「これはわたくしとしたことが、御無礼申し上げました」

こういって狼狽しながら勧められるまま床の間を背に着座した。

「お香を聞《か》いでおられましたか。余りにかぐわしき香りについ我を忘れてしまいました」

「無理もござらぬ」

「伽羅か何かでございますか」

香木には沈香と白檀がある。木そのものが芳香を放つ白檀に対して沈香《じんこう》は、薄く切取りそれを火にくべて香りを聞いだ。

伽羅は沈香の中でも最上級の香木で、永徳はかつて聞香《もんごう》の席に招かれ一度だけその香りを聞いだことがあった。

「さすが狩野殿、よくご存じ。伽羅木の中でもこれは黄塾香と呼ばれる逸品でござる」

黄塾香とその名を聞いて、彼の胸はひとつ大きく音を立てて鳴った。

それは聖武天皇の御代に渡来した極上の香木で、以来東大寺正倉院中倉薬物棚に保管され、一般に〝蘭奢待〟と呼ばれていた。

蘭奢待の文字の中にはそれぞれの字に東大寺の三文字が組み入れられ、それが寺の所有物であることを公にしていた。

義満、義教、義政の三将軍が切り取ったことで有名なその香木を、天正二年三月二十七日、信長は一寸四方の二片を切り取って持ち帰った。その折、信澄は切取り奉行の一人を務めていた。

「先年、その香木を信長様が切り取られたと聞いております。ひょっとしてそれを聞いでおられたのですか」

「その通りでござる」

「何と。恩賞か何かで頂戴されたものですか」

「いやそうではござらぬ。他言無用でござるが、実は供も連れずに上様がお忍びでこの屋敷へおいでになり、それを聞がれていたのです」

思いも寄らぬことにこの場に信長が居たと聞かされて、えっ、と隠しようもない驚きの声を上げげた。

「実のところ、つい今しがたお帰りになったところ。そこの敷物に手を当ててみなされ。まだ生温かいはず」

彼がその右横に敷かれた虎の皮の敷物に手を触れてみると、いわれた通りまだ生温たかさが感じられた。

その温もりから話の現実味を感じながらも、一つ合点がいかなかった。

「つい先ほどと申されましたが、それならわたくしがこちらへ参る際、廊下でお会いしてもおかしくはないと思うのですが」

「廊下に出るその障子からではなく、そこのにじり口から庭にお出になったのです」

床の間近くに炉が切られ茶室も兼ねていた離れにはにじり口が設けられ、露地伝いに庭からも出入りできるようになっていた。

「それに上様が屋敷を出られた頃を見計らい狩野殿を招き入れるよう命じましたから、お二人が出会われることはなかったかと」

彼のいう通りなら信長に出会わなくても何ら不思議はないと思いつつ、その時先ほど祠の傍で見かけた人影のことが頭を過った。

—ひょっとしてあの人影らしきものは信長ではなかったか。しかし仮にそうだとしたら、どうしてあのような場所で、しかもどうしてそこでその姿が見えなくなったのか。

祠の傍らで人影らしきものを見かけたことを信澄に話そうかと思ったが、それがもし信長であった場合、お忍びで来ている彼の事を取り沙汰することになり、余計なことを尋ねるのは控えることにした。

その件は脇に置いて、山藤を描いた絵扇を木箱から取り出すと、それを広げてみせてから信澄にそれを差し出した。

金地に薄紫の花弁と葉の緑とが色鮮やかに映える山藤の出来栄えに、彼はしばし見惚《みと》れるように見入った。

十五章

九月に入るとまもなく信澄は伊賀攻めに従軍すべく安土を発った。

北を近江、南を大和、東を伊勢、西を大和と山城の国に囲まれた小国伊賀は、六十六の領主が一丸となって外部からの侵入を阻んできたため、今だ信長の支配下にはなかった。

ただ国内の領主の中で突出した勢力を持つ者がなく隣国を侵略する恐れはなかったが、そのまま放っておいては近畿一円を平定したことにならなかった。

天正七年（１５７９年）九月、南伊勢の領主となった次男信雄が信長に無断で伊賀攻めを断行したところ、信雄勢は敢え無く敗退の憂き目を見た。

この度は信長の指示のもと、伊賀に総攻撃をかけるべく四万余の兵が召集された。

その頃になってもなお、信澄邸で見かけた人影らしきものの事が不思議と永徳の頭から離れず、とにかく一度庭内を歩いてみたいとの思いを日々強くしていた。

数日後、永徳は信澄不在の屋敷を訪れるべく、前回同様小舟で水路伝いに裏門へ向かうと、留守を預かる留守居役にお庭拝見を申し出た。

庭から塀越しに臨める琵琶湖の秋の風景をゆっくり眺めたいから、と訪問の訳を話した。

紅葉を墨で描いた短冊を持参したことが功を奏したか、留守居役は満面の笑みを浮かべながら彼を主殿の前庭に案内した。

湖岸沿いにある屋敷の庭より一段高い縁先に立つと、手前に湖上最大の島沖ノ島、その左手遠方に比良の山々、さらにその左手には比叡の山も望まれた。

「本日はもやっていて見ることができませんが、晴れ上がった日には対岸に大溝城を見ることもできます」

「どちらの方角でしょう」

「このお屋敷も大溝城も安土城から乾（北西）の方角にあって、ここからですとほぼ正面にお城を見られます」

信澄の義父で坂本城主明智光秀の縄張りによって築城された大溝城は、湖水を外堀に取り込むことで湖上への出入りが容易な造りになっていた。

外堀に囲まれた城内には本丸、二の丸、三の丸があり、さらにその四隅には三つの櫓と天守が建てられていた。

「湖上に浮かぶように建つとの評判の城。こちらから遠望されるお城もそうですが、できれば近くへ行って見てみたいものです」

「ここからだと舟で一刻半余り。その気になればいつなりとも出向かれます」

湖北から湖西一帯に目配りできるこの城は湖南の坂本城、湖東の長浜城と共に、安土城を要として琵琶湖沿岸を扇形に結び付ける城郭群の一翼を担っていた。

「ところで、庭にあるあの祠には何が祀られているのですか」

「以前は白山の白山比咩命《しろやまひめのみこと》だけだったのですが、上様にあやかり最近になって弁才天も祀られました」

この年（天正九年）四月、都久夫須麻《つくぶすま》神社を参詣した信長は、そこに祀られる弁才天の分霊を勧請し、それを三ヶ月後に開基した総見寺の本尊と並び立つように祀らせた。

用事があれば何なりとといって留守居役が立ち去ると、永徳は庭から臨める琵琶湖の光景ではなく自然と手前に見える祠に目が遣った。

木造の祠の屋根は切妻造りで檜皮葺。高さは土台を入れて大人の一倍半くらい。奥行き、幅はおよそ一間半（約２、７ｍ）ほどの四方形。

正面の観音扉には錠前がかけられていて中の様子は窺えないことを確認してから、人影らしきものが垣間見られた金木犀の植え込みの間を抜けて祠の後ろへ回ってみた。

背面に別段変ったところは見受けられず、敢えていえば、そこにかまされた横木が真ん中よりやや高めに取付けられていたことぐらいであった。

祠やその周りに格別変わったところがないことを確めた後、彼は引き返そうとして地面にわずかに顔を出していた木の根っ子につまずいた。

思わず祠の背面の板壁に手をやって倒れ込むのを避けようとしたところ、手が触れた横木が下に向かってわずかに動いた。

固定されているはずの横木が動いたことに驚くと共に、体勢を立て直すとその横木に両手を預け少し力を入れて押し下げてみた。

すると横木が取付けられている板壁自体が、音もなくゆっくりと地面近くまで押し下げられた。

心の臓が止まるかと思われるほど驚きながらも、思いがけず目の前に開いた祠の中を恐る恐るのぞき込んで見ると、大人一人が余裕をもって立てるほどの地面の先に縦穴が掘られ、そこに梯子が架けられていた。

目の前に開けた空間を見て、まるで禁断の扉を開けたかのような恐怖混じりの興奮に包まれると同時に、梯子が架かっている縦穴の中も覗きたい好奇心に駆られ、祠の中へ足を一歩踏み入れようとしたちょうどその時、庭先で彼を呼ぶ留守居役の声が聞こえた。

上げかけた足を慌てて下ろすと、すぐに板戸を引き上げ元に戻した。よほど造りがいいとみえて、降ろした時同様にそれは音もなくするりと引き上げられた。

一呼吸置いてから金木犀の植え込みの間から庭先に出た。

「そんなところで何を」

「祠の辺りに見かけぬ鳥を見かけたもので。まぢかに見たいと思い祠の裏手に回ってみたのです」

いぶかる様子で尋ねる留守居役に、とっさに思い付いた嘘でその場を誤魔化した。

「そうでござったか。それより一服なされてはいかが。煎じ茶でござるがお菓子を添えてお持ちしました」

当時庶民の間で飲まれた茶は上流階層の人々が嗜む抹茶ではなく、炒ったり煮たりした茶葉を天日干ししてそれを煮て飲んでいた。

嵩じた気持ちを鎮めるには好都合と、彼は廊下から張り出た縁に腰を掛けお茶の振る舞いに応じた。

「もし差し支えなければ絵を見せてはいただけませぬか」

彼が手にする小ぶりの画帖の閲覧を申し出た留守居役に、祠の件で頭がいっぱいの彼は、何枚か花鳥樹石の素描が描き込まれた画帖を無造作に手渡した。

十六章

永徳は祠での出来事を脳裏に色濃く焼き付けたまま帰宅の途に就いた。

祠の中のあの縦穴はいったいどこへつながっているのか、それを確かめたい気持ちが日を追って強くなっていった。

三日後、からりと晴れ上がった秋空を幸いと、彼は再度信澄邸を訪れることにし、今度は淡彩で鶏頭の花に止まる蜻蛉を描いた扇面画を手に信澄邸に出向いた。

「先日の話では、今日のように晴れ上がった日には対岸のお城が見えるとのこと。今日はそれを期待して迷惑も顧みず押しかけてきた次第」

こういわれて扇面画を手渡された留守居役は、前回に増して愛想よく彼を屋敷内に案内した。

彼は一人になるとすぐさま、辺りに人気がないことを確めてから祠の裏手に回った。

今回はいささか震える手で背面の板壁に取付けられた横木に手をやり、前回同様ゆっくり押し下げると再び目の前に縦穴とそこに架かる梯子とが現れた。

すぐにも中に入って梯子を伝って下へ降りてみようかと思ったが、そうした場合に見咎められる恐れもあり、どうしたものかと迷っていると、前回は気づかなかった足跡がいくつも地面に見て取れた。

祠の中の足跡はその間に降った雨で流されることなくそのまま残っていたのだ。しばらくそれを見ていてある事に気づいた。

その形状や大きさから足跡は一種類で、さらにその履物が藁やイ草で編まれた草履ではなく底が無地の履物だとわかった。藁やイ草の草履なら付くはずの網目が全く残っていなかったからだ。

それを見てその履物の主が信長にちがいないと思わざるをえなかった。

彼は竹皮で編んだ草履の裏に牛革を張り付けた草履を好んで履いていて、安土でこれを履く者は彼以外にはいなかった。

この草履は信長が茶人として重用した堺の商人千利休が考案したといわれるもので、これだと地面に付いた足跡に網目は残らない。

—やはりあの時の人影は信長その人。とすればあの縦穴の行先は……

ここまで考えたところで、はっとなって彼は息を止めた。

—もしやその先は天主閣か。するとここは彼の御座所へ通じる抜け道の出入り口ではないのか。

こう思い至った途端、うろたえながらもそれはいささか飛躍した思いつきではないかと、努めて冷静を図ろうとした。

—それは隣家の森蘭丸邸に通じているだけかもしれない。第一、三十丈余り（約110m）の小山とはいえ、その山の頂に立つ天主閣から湖岸のこの屋敷まで抜け道を作るとなれば、それは並大抵の工事ではすまない。

その時、信長が供も連れずにこっそりとやって来ることがある、と信澄がいっていたことが思い出された。

—外出の際に信長が供を連れずこっそりと城を抜け出るなどありえないこと。それができるとすればやはり、天主閣の御座所から抜け道を通ってということにならないか。

彼はそう思い至ったところで、見てはいけないものを見てしまったとの思いと同時に、肝を潰されるような恐怖を覚えた。

—これは決して余人に話す類の事ではない。うっかりとそんなことをして誰の口からと詮議でもされれば、あの信長のこと、決まって口封じの憂き目に遭いかねぬ。ここは見ざる云わざるを決め込むに如くはなし。

いったんはそう自分にいい聞かせてみたものの、このまま自分の胸の内に仕舞い込んでおくことを抗うもう一人の自分を容易には払いのけられそうになかった。

十七章

天正九年（1581年）九月八日、嫡男光信と共に永徳は登城するように命じられていた。当日、安土城竣工を祝ってそれに貢献した家臣、職人一同が城に招かれ、その労をねぎらう催しが執り行われた。

永徳・光信父子は招待された人々と一緒に、天主閣一階にある対面の間で信長から小袖を拝領した。

招待者に恩賞が与えられたその後で設けられた祝宴の席で、下戸であった信長は自分が居座ると皆がくつろげまいといって間もなく席を立った。

その後しばらくして永徳は信長から呼び出しを受け、障屏画の打ち合わせで何度か入ったことのある彼の居室に通された。

そこで彼は画工の最高位である法印の位を授与されたとの知らせを受けた。

信長の奏請により師と仰ぐ祖父元信の法眼の位を凌ぐ最高位に叙せられ、彼は三十七才にして名実ともに天下一の絵師として認められることになった。

彼はお礼のことばを述べると共に、今後とも精進し位に恥じない仕事を行う旨を誓った。

またこれを機に、法眼の位を授かった元信がそれまでの通称を法名である永仙と改称した事に倣い、自分も源四郎から永徳に改称しようと思い立った。

彼は京を発って安土に向かうことを決心した際、安土で予期せぬことがあるやもしれぬとの思いから、檀那寺である妙覚寺から永徳という法名を既に授かっていた。

用件が済んで部屋を下がろうとした時、付書院の棚の上にあって信長が珍重していた盆山といわれる石の置物が無くなっていることに気づいた。

「以前、付書院に置かれていた石の置物が見当たりませんが」

「あれか、あれはわしの化身となる神霊が宿る神体として、総見寺本堂の二階、本尊十一面観音像の真上に祀ってある」

信長が真顔で自らの神体として石を祀ったと口にするのを見て、永徳の心に新たな不安が駆け抜けた。

—彼の心底には残虐極まりない魔物とは別の魔物が巣食っているかも知れない。それは神として己を崇めるように人々を強要し、やがて神の名において己の意に沿わぬものすべてを破滅させずにはおかない魔物。

その思いに俄然胸騒ぎを覚えながら彼は再び宴席の場に戻った。

—自らを聖人として留め置くどころか、事もあろうに自らを神に祀り上げるとは。まさにわれを忘れた狂気の沙汰。このまま放っておけば信長がお上を蔑ろにする暴挙に出ることは間違いない。

近い将来、信長によるお上への暴挙が現実のものになると思われる今、それに対して何か自分にできることはないのかと、彼は急き立てられるように自らに問い掛けた。

―法印の位を授かっても所詮己は一介の絵師。そうであれば今後信長がどのような振る舞いに及ぼうとも、このわたしに何ができよう。壺中天の老翁の如く、世の喧騒の外にあって絵師は絵師らしく絵の世界に身を置き、それで事足れりとすべきではないのか。

そう自分にいい聞かせる一方で、信長にこれ以上の暴挙を許さないために、天主閣に通じる抜け道の件をこのまま黙って胸の内に仕舞い込んでおくべきではない、とそう元信から催促されているようにも思われてきた。

―そう催促されても、このわたしに抜け道の件をどう扱えというのか。

そこに行きつくとそれより先に取るべき道があるようには思われなかった。

賑やかな祝宴の席にあって永徳は一人浮かぬ顔をしたまま下城し、帰宅後も今後自分はどうあるべきか思案に暮れた。

十八章

―仮にこのわたしが絵師ではなく信長に敵対する武将だったら何としよう。あの抜け道を利用して手練れの者数名を送り込めば、寝所に眠る彼の寝首を掻くことも決してできぬ話ではなかろう。そうするには抜け道の件を反信長陣営の誰かに打ち明ける必要があるが、そうした場合いったい誰を相手とすべきであろう。

信玄、謙信亡き後、反信長勢力として頼りにできる有力大名といえば、中国地方一円を支配下に置き義昭を庇護する毛利氏。

義輝から輝の字の偏諱を賜って輝元と名乗り、当主になってからも改名しない彼が信長に代わって天下人となれば、将軍家はもとよりお上を蔑ろにする恐れはないように思われた。

また今のところ反信長勢力とはいえないキリシタン大名も抜け道の秘事を伝える相手として考えられた。

というのもデウスを唯一絶対の神として信仰しているキリシタンなら、自らを神と自称した信長と早晩対立することが予想されたから。

ここまで考えが及んで初めて彼は、自分がいま何を思案しているのかに気づき、そうしている自分にたじろぐと共に、絵師として相応しくない思案は即刻止めるよう自らに強くいい聞かせた。

そうはしたもののこの先深く憂慮される事態が現実になろうとする中、なぜ信長打倒の企てを躊躇するのか、ともう一人の彼が反論した。

その反論に背中を押されるように彼は、秘事を打ち明ける相手について引き続き思案を続けた。

当主輝元に最も影響力を持つ家臣といえば、叔父で安芸高山城主小早川隆景と安芸小倉山城主吉川元春の二人。

彼らにつなぎが取れて信頼できる人物に誰か心当たりがあればと思ったが、残念ながらそれはなかった。

一方、キリシタン大名として最初に思い浮かんだのは、父子二代に渡るキリシタン大名として有名な高山右近。

高槻城下に暮らす住民の大半がキリシタンといわれ、高槻は畿内におけるキリシタンの重要拠点の一つであった。

また彼の信仰の厚さは荒木村重謀反の際に彼が示した態度で明らかだった。

村重配下だった右近は信長側に付けば村重の人質となっている親族の命が奪われ、村重側に付けばキリシタンへの弾圧が加えられるという苦境下で、親族への情愛を打ち捨てキリシタン擁護の立場を取った。

そのような彼なら信長の神僭称がキリシタンの先行きに暗雲をもたらすことを容易に理解すると思われた。

現在彼は池田恒興配下の摂津衆の一人にすぎなかったが、信望ある彼が話に乗れば近畿一円にいる他のキリシタン大名もこぞって協力することが期待された。

もう一人思い浮かんだキリシタン大名は豊後の大友宗麟。

彼はイエズス会宣教師フランシスコ・ザビエルとの出会いを契機にキリシタンに関心を持ち、三年前（天正六年）の七月、キリシタンに改宗。

彼は九州六か国の守護を務める九州探題であるが、天正六年十一月、耳川の合戦で島津氏に大敗後、島津氏による日向、肥後中域支配に加え、肥前龍造寺氏による下筑後、北肥後、筑前西南、豊前北などへの侵攻を許していた。

さらに大友一族による内乱もあって勢力の衰退は誰の目にも明らかになっていた。

そうした中、昨年（天正八年）八月、信長は毛利氏が支配する中国制圧に向けた戦略の一環として、大友・島津両氏の協力を目論み両氏の和睦斡旋に乗り出した。

それに向けて前久も奔走し、本年（天正九年）六月、和睦を渋っていた島津氏当主義久が和睦を応諾。これによりいったん豊薩対立は解消し、当面大友氏の勢力衰退に一定の歯止めがかけられた。

受洗後キリシタンへの傾斜を強めた宗麟は、臼杵でのノビシャド、府内でのコレジオ開設に全面的に協力する一方、寺社の排斥活動を強め、今年に入って石清水、筥崎《はこざき》と共に三大八幡宮の一つ豊前宇佐八幡宮を放火せしめた。

そうした彼なら右近同様、信長の神僭称を許しがたい所業と反発することが予想されたうえ、狩野家が三代に渡って彼と交流があることから右近よりずっと秘事を打ち明けやすい相手に思われた。

かつて臨済禅に関心を持ち禅学を修めた宗麟が京都大徳寺に塔頭《たっちゅう》瑞峯院を建立した際、彼は障屏画を元信に依頼。

それが縁で永禄十一年（１５６８年）、永徳の父松栄は彼の招きで豊後へ下向。

それから三年後、今度は永徳自身が彼に招かれ下向し、彼の居城で障屏画の制作に当たった。

秘事を打ち明ける相手を宗麟とした場合、できることなら彼に直接会って事の次第を話せればと思ったが、招聘もないまま自分の都合で下向するとなればそれなりの理由が必要になった。

それだけでなく、それなりの理由を見つけたとしてもそれを信長が認めるかどうかも分からなかった。

思案の末に絵師である自分にしかできぬこと、もしくは絵師の自分だからこそできること、それを通して抜け道の秘事を相手に伝えられないものかとの考えに及んだ。

絵でもって秘事を伝える。

そうやってそれが相手に伝わらなければ、それは己の力の及ばぬ事とあきらめがつくではないかと開き直った。

そう思いついたものの、どのような絵をもってそれを果たすことができるのか、それについて何か具体的な案を持ち合わせているわけではなかった。

花鳥風月、山水樹石、故事来歴等の手慣れた画題を描くのとはおよそ勝手が違い、抜け道の件を密かに絵に描き込む手立てなど容易に見つけられそうにはなかった。

それから数日間、彼はそのことで思い悩んだ。

—一読してそれとわからぬ密書のごとく、一見して抜け道の件が悟られないような絵にしなくてはならない。しかもそれは天下一の絵師として恥じない絵でなくてはならない。

やがていつまで思い悩んでいても始まらないと思い切り、できる所から手を付けることにして、まず画中に描き入れる諸景物を選んでその配置を決めることにした。

いうまでもなく、湖畔にある信澄邸と山頂にある天主閣は外せないことから自ずと横長の構図になり、屏風絵として絵を描くことにした。

それだけのことなら「安土城図屏風」を描く際に弁天島から描いた下絵をもとにすぐにでも事に当たれたが、肝心の抜け道の在りかをそこにどう密かに描き込むか、それについてはなお見通しを立てられなかった。

十九章

昨年（天正八年）四月、永徳一行が寄宿する寺の近くにセミナリオを兼ねた修道院が竣工したのを機に、弟子の一人源助はキリシタンの教えに関心を抱くようになった。

或る日、白鳩を観察してその様子を事細かに描きたいからといって彼は、永徳にその飼育を願い出た。

そのわけを尋ねられると、それがキリシタンの聖霊の象徴だと聞かされたので、日々それを観察しながらその様子を描いてみたいからだと答えた。

聖霊とは何かと問われて、それは耶蘇（キリスト）と共に唯一絶対の神デウスと一体のものとみなされる最も重要な存在だと聞いていると答えた。

白鳩を手に入れるのは難しいのではと指摘されると、手に入れやすい雉鳩《きじばと》でも構わないと答えて鳩の飼育を許された。

その一件を思い出した永徳は、画中に聖霊の象徴とされる白鳩を描き込めば宗麟が喜ばぬはずはないと思い、それを画中のどこかに描き入れることにした。

それをどこにどのように描くか思案している時、それを秘事を伝える手立てとして使えないかと思い付いた。

白鳩を例の祠の屋根の上に描くと共に、その白鳩の嘴に十字架を銜えさせれば宗麟を喜ばせるだけでなく、その先端を天主閣の方角に向ければ祠と天主閣の双方が共に注目されるのではないかと思われた。

無論、秘事を伝えるにはそれだけでは不十分で、なお二つの建物を視覚的に結びつける別な手立てが必要なことはいうまでもなかった。

そこで当初は六曲一隻で仕上げるつもりだった屏風を六曲一双にし、左右両隻を使って祠の白鳩をさらに利用できないか思案を巡らせた。

思案の末に祠の上の白鳩を右隻に描き、左隻ではそこから飛び立ったと見える白鳩を天主閣の上空で舞わせることにした。

さらに左隻でも天主閣が注目されるように、上空の白鳩が嘴に加える十字架の先端をそれへ向けて下向きに描くことにした。

そうした場合、天主閣と白鳩をどのような構図で描くか、それが次の課題となった。

まずは天主閣とその上空を舞う白鳩のみを描く構図を思い描いてみたが、それでは自分の意向を優先させた余りにも作為的な絵に堕すると思われた。

それが秘事を潜ませた特殊な絵であっても、やはり絵として観るに値しないものは描けなかった。

ではどうするか、又してもここで一頓挫。

いつの間にか部屋に差し込む陽の光が部屋の奥まで届くようになり、そこで間もなく日の暮れを迎える時分だと気づかされた。

立ち上がって開け放った部屋の縁側に出ると、西の空が赤々と燃え立つような猩猩緋《しょうじょうひ》色に染まっていた。

やがて釣る瓶落としの秋の陽が山の端に隠れると、まるで舞台のどんでん返しのように西の空一面が銀鼠色に染め替わり、十六夜の月が雲一つない夜空の一画を煌々と照らした。

その月を見ているうちに先々月の盂蘭盆会の華やかな夜祭の光景が思い起こされた。

七月十五日の当夜、信長の命により天主閣及び総見寺の軒先に提灯が釣り下げられ、日が落ちると間もなくそれに火が入った。

次第に夜の闇が濃くなっていく中、夜空を背景に提灯の明りに照らし出された天主閣は、雲上に浮き出た城かと思われる幻想的な姿に変わった。

また城下を流れる大臼川では松明を手にした馬廻り衆の乗った小舟の列が、その灯りで漣《さざなみ》に揺れる水面にまるで生き物でもあるかのように映し出された。

織田家の本拠地津島は天王川と萩原川の合流地にあって、そこには〝津島の牛頭天王《ごずてんのう》さん〟と呼ばれる津島神社があった。

例年六月十四日そこで行われる夜祭りでは、五組の二艙横連結の船上の帆柱に鈴なりに飾り付けられた提灯に火がともされる。

それが夜の川面を華やかに彩りながら川を下る光景を幾度となく目にしていた信長は、まもなく安土を離れるバリニャーノの送別行事としてそれを模した夜祭りを安土で再現してみせた。

それを思い出した永徳は、左隻の絵柄に盂蘭盆会の夜の天主閣と城下の光景を選ぶことにした。ただその二つの場面をどのような構図で描くか、それについてはまだ考えをまとめられなかった。

二十章

秘事の件を伝える手立てについて先に思い付いたもの以外に新たなものを思いつかないまま、このまま思い悩んでいても埒が明かぬと、永徳は絵の制作に取組むことにした。

右隻で必ず描き込まねばならない景物は、湖上から臨む安土城と湖岸沿いの信澄邸の祠周辺だけだが、それだけを取り上げて描いたのでは絵としての体裁を為さなかった。

そこで空と山と湖からなる自然の中に、信澄邸に隣接する森蘭丸邸と安土山の西南山腹にある総見寺も加え、それらを事細かに描く真体による筆法で彩色し、それ以外の建物は金雲で覆うことにした。

左隻については思案の末に、左上隅から右下隅を結ぶ対角線で画面を二分割し、そこに二つの異なる場面をそれぞれ描き込むことにした。

右上斜め半分には、軒先の提灯の明りで夜空に浮かび上がる天主閣の上層二階部分とその上空を舞う白鳩を描く。

他方、左斜め下半分には修道院とその脇を流れる大臼川の辺りを幻想的に照らし出す松明舟を描く。

それぞれ明るく照らし出された部分は金箔地を活かして輪郭を模るだけにし、その周囲は墨の濃淡で描き分けることにした。

かつて金箔地に墨一色で夜景図を描いたことはなく、果たしてそれが鑑賞に耐えるものに仕上がるかどうか不安ではあったが、そうした不安より仕上がりを期待する気持ちの方が優った。

両隻の二羽の白鳩については、それぞれの形をなぞって白塗りした後に墨でその輪郭を付けることにした。

二羽の白鳩を使って祠と天主閣を注目させる手立て以外にさらなる工夫が必要なことから、彼は改めてことばによる手立てを検討してみたが、これといって良案を思いつかないまま徒らに数日が過ぎた。

そんな折、思いがけず信澄の留守居役が永徳のもとを訪ねてきた。

何事か用件を尋ねると、画料を払うから和歌にちなんで短冊の余白に梅の花を描いてほしいとの依頼。

手渡された短冊にはすでに上の句が、東風《こち》吹かば　匂い起こせよ　梅の花　で有名な菅原道真の和歌一首が、なかなかの手で書き込まれていて、それを見た永徳はそこに絵を描き込む気にさせられた。

また再び信澄邸を訪れる機会があるやもしれず、期限を切らずに短冊を預かることにした。留守居役を見送った後、手にした短冊を見て彼は白鳩に銜えさせる十字架の代わりに短冊を使えないかと思い付いた。

祠の屋根に止まる白鳩にはそのまま十字架を使えても、空に舞う白鳩の嘴のそれはいかにも重々しく、代わりに嘴から紐で吊り下げられて風に舞う短冊なら絵柄として十字架よりもずっと相応しいものに思われた。

そう思うと同時に、そこに抜け道を暗示する和歌一首を書き込めないかと新たな手立てを思い付いた。

絵心はいうまでもないが、絵師にとって歌心も重要な心得として幼い頃よりそれなりの手ほどきを受けていた。

ただここで詠む一首はその時々の心の在り様を謳うだけでは事足りず、併せて抜け道を暗示するものでなければならなかった。

果たしてそのような一首を詠むことができるか、まるで自信はなかったが、そう思い及んだところで頭の中を三十一文字からなる和歌の各句が飛び交った。

白鳩、天主閣、祠の三つのことばを念頭に置きいろいろと捻ってみたところ、それだけで五文字からなる天主閣はいかにも扱い勝手が悪かった。

祠より　飛び立つ鳩の　行く先は
　天に通じる　恵みあれかし

これが天主閣を天に、白鳩を鳩に置き換えて最終的に詠んだ歌であるが、その表向きの意は天にまします神の御加護を聖霊の象徴である白鳩に託したという内容。

この一首を書き加えることでそれまでより抜け道の秘事が読み取られる期待は確実に増すと思われたが、それで十分かといえばとてもそうは思われなかった。

取り敢えず以上の手立てを施すことにして絵の制作を始めることにした。

その制作過程でいつ白鳩を描き込むか、それについては他の部分を描き終えた後になってもなお決められないでいた。

信長に黙って屏風を宗麟に贈ったと後でわかれば彼の不興を買うかもしれず、屏風が出来上がり次第それを彼に見せるつもりであった。

その際、祠の屋根と天主閣の上空にそれぞれ十字架と短冊を銜えた二羽の白鳩を描いた場合、人一倍細かい事にも敏感な信長が不信感を抱かないとも限らなかった。

とくに祠が抜け道の出入り口と承知していればなおの事、祠の屋根に止まる白鳩に彼が敏感になっても不思議はなかった。

キリシタンに改宗した宗麟への贈り物となれば、十字架を銜えた白鳩を描くことに疑念を抱かれる恐れはないものの、なぜ白鳩が止まる場所が祠の屋根なのかと問われかねなかった。

また天主閣近くの上空に舞う白鳩が銜える短冊の〝天〟の一文字を、天主閣の意と取られる恐れも捨て切れなかった。そうなれば一気に彼の疑心暗鬼を招く事も予想された。

迷った末に信長には白鳩を書き込まず屏風を見せることに決めた。

二ヵ月半余り経った十一月末、完成した屏風の件を信長に伝えると、師走に入ってまもなく屏風を持って城へ上がるよう指示があった。

「右隻では湖岸なればこその壮麗な城の光景を、また左隻では盂蘭盆会の夜の幻想的な光景を伝えられればとの思いで描き上げました」

永徳は屏風を打ち眺める信長を前にして、まず制作上のねらいを語った。

真のねらいは別にあったとはいえ、それらが描くに足る光景であったとする点について偽りはなかった。

「宗麟殿の城は海岸沿いの島の上に建っているとか」

「左様でございます。規模や豪華さではおよそ安土の城の比ではございませんが、海上から臨まれるお城の壮麗さは安土のそれに勝るとも劣らないものかと」

「その方がいう通りなれば、一度この目でその城を見てみたいもの。それを描いた絵はないのか」

「滞在した二ヵ月足らずの間、城内の障屏画の制作に時を取られまして」

永徳が海上から城を見る機会を得たのは臼杵を発つ帰途の船上からの一回きりだったが、その際の壮麗な城の光景は今もはっきりと脳裏に焼き付いていた。

「わたくしめを豊後へ下向させていただければ、臼杵の城の光景の一端なりとも描いてお目にかけられるかと存じますが……」

そういってからたった今自分が口にしたことばに自身ひどく驚かされた。

─信長の要望を叶えるべく屏風を手土産に下向できれば、白鳩を書き込んだ意図を直接話す機会に恵まれるかもしれない。その結果については予断を許さないとはいえ、会えるとなればそれは願ってもない好機。

そう思っただけで彼の動悸は一気に波打ち始めた。

「その方も存じていようが、一昨年十月、丹波、丹後、昨年一月には東播磨、今年十月には因幡をそれぞれ攻略。西播磨、美作、備前についてはー進一退だが、年が明ければ備中攻めに主力を差し向け、いよいよ毛利との決戦に臨む所存。そしてそれが上首尾に終われば次は九州。となれば直接この目で丹生島城を見る機会も訪れよう。その折にはその方の同行を許す」

残念ながら、この一言で咄嗟に思い付いた彼の申し出は一時の夢と散った。

二十一章

宿舎に戻ると永徳は直ちに源助を呼んだ。

「以前、お前から白鳩がキリシタンの聖霊の象徴だと聞かされた話を思い出してな。宗麟様にも喜んでもらえるかと思い、それを描き加えることにした。ついてはお前から聞いた話でもあり、また毎日のように鳩の様子を描き続けているようだから、お前に白鳩を描き込んでもらいたい」

彼は両隻に描き込む白鳩の場所と姿形に加えて、後で右隻の白鳩が十字架を左隻のそれが嘴から吊り下げられた短冊を銜える事を頭に入れて描くよう指示した。

「そのお心づかい、宗麟様もきっとお喜びになるはずです。それにつけてもわたくしめに白鳩を描かせていただけるとは、何といったらいいのかことばもございません。必ずやご期待に添えるよう仕上げたいと思います」

数日後、再度あの屏風を持参するようにとの思わぬ知らせが永徳のもとに届けられた。

昨日、源助の手によって両隻に白鳩が描き加えられ、そこに永徳が金地に墨で輪郭を模った十字架と短歌を記した白地の短冊を描き込んでいたから、少なからず彼は慌てた。

今さらそれを消すわけにもいかず、画中に新たに描き込まれた二羽の白鳩について、そうした訳をどう説明するか急ぎ思案する羽目になった。

明朝、持参した屏風を観るなり、新たに描き込まれた白鳩について信長は問い掛けた。

「先日持参した際には見かけなかった白鳩。どのようなわけがあって描き加えたのか」

「過日、弟子の一人から白鳩がキリシタンの聖霊の象徴だと聞かされました。こちらでご覧に入れた後になってその話を思い出し、宗麟様に喜んでいただけるかと思い描き加えた次第です」

「バテレンから聖霊が神と一体だという話は聞いたことがあるが、白鳩がその象徴だというのは初耳。ところでそれを祠の上に描いたわけは……」

永徳の顔を覗き込むようにしての信長からの問い掛け。

「信澄邸のお留守役から祠には弁才天が祀られているとお聞きしまして。一面八臂で琵琶を弾く絵姿からも明らかなように、それは諸芸の神としても崇められています。それで絵師としてさらなる上達を願って祠の上に。また左隻の上空を舞う白鳩との釣り合いからもあの場所が適当かと判断しまして」

「というと」

なおも信長からの問い掛けは続いた。

「右隻の五扇目の中段に描いた白鳩から左隻の三扇目の上段に上空を舞う白鳩を描くことで、一羽の白鳩の一連の動きとして表せるかと」

「それなら左隻の白鳩も短冊ではなく、十字架のままでもよかったのではないか」

「当初はそうするつもりでしたが、十字架を銜えたままでは軽やかに夜空を舞う白鳩の絵姿としてはいささか重く、風にひらめく短冊に取替えた次第です」

「短冊の歌はその方が詠んだものか」

さらに短冊にも話が及び、永徳の波打つ動悸はさらにその度を早めた。

「宗麟様が喜ばれそうな内容を拙いものとは承知の上で詠んだものです」

「宗麟殿を念頭に置いてのこととはいえ、わしからすると白鳩は描き加えないほうがよかった」

こういうと信長はもう一度永徳の顔を覗き込むようにじろりと見た。

人の心奥を射抜くような彼の鋭い眼光にさらされて、屏風に込めた秘事を見破られたのではと思わず総毛立った。

「今日再び持参するように命じたのは、島津との和睦が成ったことを祝してわしからの贈り物としてこの屏風を宗麟殿に贈ってもいいかと思ってな。だが十字架や短冊を銜えた聖霊の象徴とやらの白鳩を描き加えた絵では、神であるこのわしが何やらキリシタンの神に媚びているようでその気も失せたわ」

秘事の件は気づかれていないと安堵する一方、信長が自らを神とする立場で発言するのを聞くや、永徳は早晩彼とキリシタンとの対立が不可避だとの思いをよりいっそう強くした。

永徳は城から下がると年明け早々にも屏風を搬送しようと、祖父の代から存じよりの堺商人綾井九郎左衛門に屏風搬送の依頼文をしたためた。

二十二章

翌天正十年（１５８２年）、正月気分も一掃された月半ば、屏風搬送役を任せた源助の九州下向を三日後に控えて、永徳は何とか今日中に宗麟宛の手紙をしたためようと、気の重い筆を取った。

単に屏風に付する添え状なら別段手間取ることもなかったが、秘事を暗示する手紙が書けないものかと思案を巡らせたため、思うように筆を走らせることができなかった。

それでも深更に及んでようやく、必ずしもその内容に満足したわけではなかったが、何とか手紙を書き終えた。

その文面を繰り返し読み返した後も寝付けそうにはなく、なお何か秘事を伝える別な手立てはないものか考え込んだ。

明け方近くになって、源助が飼う鳩のグルグルとまるで可愛げのない鳴き声を聞いていて、白鳩が銜える十字架に何か細工を施せないかと思い立った。

やがて白鳩が止まる祠が天主閣へ通じる入口であることから、キリシタンのことばで入口に当たることばを十字架に書き込めないかと閃いた。

それなら書き加えても見咎められる心配はないと思われたし、宗麟なら十字架に書き込まれたその文字を見て、それが何を意味するか確かめることが期待された。

彼は夜が完全に明け切るのを待ちきれずに源助を起こし、和歌の四句目の〝天に通じる〟の後に連想される入口に当たることばを、修道院に出向いて尋ねてくるように命じた。

源助は早々に朝餉を済ますと修道院に出向き、親しくなった日本人修道士に入口を意味するバテレンのことばを尋ねた。

彼はもう一人の異国の修道士に確認を求めた後、〝PORTA〟と〝OSTIUM〟の二つのラテン語を記した用紙を手渡し、それぞれの発音と意味を教えた。

源助は持ち帰った用紙を永徳に手渡すと、修道士から教えられたとおりに彼に説明した。

「右側のラテン文字はポルタ、左側のそれはオスチウムと読むそうです」

「それで二つのことばに意味の違いはないのか」

「双方共に家の出入り口にあたる戸口を意味するそうですが、ポルタには他に門、オスチウムには扉の意味もあるそうです」

戸口を意味する言葉であればどちらでもよかったが、十字架に書き込む場所を踏まえて、綴りが六文字のオスチウムではなくそれが五文字のポルタを選んだ。

彼は十字架の縦棒と横棒のそれぞれ上下左右と、縦横の棒が交差する中央部分の五か所に綴りの五文字を配置することにし、早速それを書き入れた。

二日後早朝、永徳は出立を前にした源助に、宗麟の取次役への依頼文と彼への手土産に描いた掛け軸用の墨絵一幅、それに肝心の宗麟宛の添え状を手渡した。

添え状について彼は、必ず宗麟本人の手に渡るよう取次役に怠りなく伝えることをくり返し言い渡した。

商品の搬送を専門とする車借《しゃしゃく》から派遣された人足二人が、他の荷物を積み込んだ荷車と共にすでに門口で待っていた。

はじめ彼は門口で源助を見送るつもりだったが、屏風へ籠めた尋常ならぬ思いから荷台の屏風を横目に見ながら彼と共に城下を南へ下り、景清道を横切ってとうとう南腰越峠の麓までやってきた。

その峠を越えると草津を終点とする中山道に出る。その峠を前にしてようやく彼は源助に別れを告げた。

その場に佇んで遠ざかる彼の背中を見ながら、永徳は絵師としての本分を逸脱する企てを遂に実行に移したことに、本当にこれでいいのか、と反問する自分に戸惑いを覚えながら向き合っていた。

二十三章

中山道に出た源助は武佐、守山、草津を経て東海道を大津へ。そこから逢坂越えをして追分で伏見街道へ入った。

安土から船で坂本まで行き、そこから大津へという経路も考えられたが、屏風が水難に遭うことを恐れて陸路を取った。

伏見街道を山科、深草から伏見へ。そこから淀川の左岸沿いに大坂街道を淀、枚方、守口をへて大坂へ。

ここでも陸路を取ったのは、当時、氾濫を繰り返す淀川は各所に浅瀬が散在し、安全で安定した水運が望めなかったからだ。

大坂に着いた源助は、大坂高麗橋を起点とする紀州街道を通って今宮、天下茶屋、住吉を経て堺へ。

堺で彼を出迎えた綾井九郎左衛門は、臼杵での宿泊先への紹介状を手渡すと共に屏風をさらに油紙で包むよう助言した。

船の甲板に打ち付ける荒波で、甲板を覆う板の隙間から船底に積み込まれた荷物が水浸しになることは珍しくなかった。

その助言に従って、屏風の荷解きをしてそれを二重に油紙で梱包したうえで錦の布袋に収め直し、更に筵で幾重にもそれを包み込んだ。

その作業に先立って九郎左衛門は座敷に屏風を広げて見せてくれるよう頼み入れた。

それが見たくて油紙の件をいい出したのではとも思われたが、屏風を見せることに問題はない上に、屏風に対する彼の反応も見たいと思い躊躇なく彼の頼みに応じた。

各扇が〝くの字状〟に広げられ、両隻が八の字形に配置された屏風に囲まれるようにしてその前に座った九郎左衛門は、その出来栄えにしばし息を呑み、これで搬送の労を取った甲斐があったと満足気に答えた。

堺で一泊した源助と屏風を乗せた船は、堺を出港した後毛利水軍が支配する瀬戸内海回りではなく、友ケ島水道、紀伊水道を経て室戸岬を回り、土佐浦戸と宿毛に寄港した後、由良岬から豊後水道を経て目的地臼杵へ向かった。

荒れる冬の海の割には途中それほど時化ることもなかったが、堺を出ると間もなく彼は激しい船酔いに襲われ、二，三日は食事もまともに取れなかった。

それだけに十日目の朝、豊後水道を経て丹生島に聳え立つ宗麟の居城が遠望された時、上陸できることがこれほど待ち遠しく思われた事はなかった。

丹生島城が建つ臼杵湾内にある丹生島は、標高約六丈（約18.5メートル）、東西約四町弱（約420メートル）、南北一町弱（約100メートル）で、その周囲は断崖絶壁に囲まれていて島そのものが自然の要害だった。

東側三分の一ほどの敷地には宗麟とその家族の居館を兼ねた本丸や天守、櫓等が、西側の敷地には政を司るための二の丸が建てられていた。

また東西の敷地の境には城郭全体が一挙に占領されることを防ぐため、深さ約四間半（約8メートル）、幅約七間弱（約12メートル）からなる空堀が掘られ、東西の敷地はその間に渡された橋によって結ばれていた。

また西側の敷地には陸地との往来用に橋を掛ける一方、東側のそれには大型の軍船も発着できる船着き場が設けられていた。

それにより物資の搬出入を陸、海の両上から可能にすると共に、陸上戦はもとより海上戦に臨んでもそれぞれ対応が可能になっていた。

源助が乗った船は臼杵川の河口にあって、丹生島城とは目と鼻の先にある船着き場に横付けされた。

紹介された宿はその船着場からほど近い掛町にあって、船から下ろされた屏風が宿まで運び込まれたのを確認すると、彼は久しぶりに揺れない畳の上で横になった。

揺れる感触を依然として背中に感じながら、夕餉に起こされるまで彼は寝入ってしまった。

翌朝早く起きると彼は宿の主人から取次役宅の場所を聞き出し、取次役への依頼文を手に宿を出た。

取次役宅は丹生島を前方に臨む原山の中腹にあり、そこに行くまでの坂道の両側には、臼杵石と呼ばれる凝灰岩でできた石垣や白壁の土塀に囲まれた数多くの武家屋敷が並び建っていた。

目当ての屋敷の門をくぐると玄関先で案内を乞うた。

まもなく現れた家宰とみられる老人に訪問の趣《おもむき》を伝え、永徳からの依頼文を手渡した。

依頼文にさっと目を通した家宰は、登城中の主人にその旨を伝えて下知を仰ぐゆえ宿で待つように、といって彼の宿泊先を尋ねた。

屋敷を出た彼は臼杵の城下町がどんな様子か見てみようと、いったん城下町の起点となっている船付き場近くの辻まで戻った。

城下町は彼がよく知る京の町並みのように東西南北が碁盤の目状に仕切られておらず、辻を起点にして八つの町が放射状に仕切られていた。

それはバテレンからヨーロッパの町並みを聞いた宗麟がそれに倣って町造りをしたものと思われた。

人の往来が盛んな辻でキリシタン施設のある場所を尋ねると、畳屋町に隣接する場所だといってそこへ通じる通りを教えられた。

京、西九州と並んで三大教区の一つに指定された豊後のキリシタンの数は、当時五千名余りといわれ臼杵は府内と並ぶキリシタンの拠点の一つであった。

キリシタンの施設がある場所に行ってみると、安土のそれに比べてずいぶんと広い敷地に大小いくつのもの施設が建ち並んでいた。

まもなくして町人風の老人や彼らに手を引かれた子供、武家の妻女とみられる婦人等が次々と施設内に入っていくのが見かけられた。

その内の一人の老人に声をかけて何か催し物でもあるのかと尋ねると、われら信徒は都合がつく限り礼拝のために朝、昼、夕方の三回、教会を訪れるといった。

ついでに十字架が屋根の上に立つ教会以外の他の建物は何なのか尋ねると、住院、慈悲院、育児院、施療院等だとの答え。

それぞれの施設では無料で病の治療や食事の提供や読み書きを教えたりしているという。

わしのような貧しい年寄りにはここほどありがたい所はない、といってその老人はいそいそと施設の中に入っていった。

この地では布教活動のかたわら、安土ではまだ見受けられない貧しい人々や病人等への献身的な慈善活動が盛んに行われていることを知らされた。

それから宿へ戻った源助のもとに夕方になって取次ぎ役の使いが訪れ、明日朝四つ（午前10時）までに屏風を持って城へ上がるようにと伝言して帰った。

二十四章

翌朝、源助は宿から借り受けた荷車に屏風を載せて自らそれを引いて城へ向かった。城と城下町を結ぶ橋を渡り大手口門の前で門番に用件をいうと、そこでしばらく待たされた後、取次役本人が現れて彼を城内に案内した。宗麟の居館を兼ねた本丸に向かい、その前にある冠木門と櫓門を通って本丸入り口前に立つと、そこで数人の家来衆が二人を出迎えた。

源助は彼らに屏風を預けた後、本丸内に案内されて控えの間で待つようにいわれた。その前に、宗麟様に直に渡してほしいとの永徳の要望を伝えた上で、預かっていた添え状と永徳直筆だと告げてから墨絵一幅が入った筒を取次役に手渡した。

あいわかった、と取次役が愛想よくそれらを受け取ったところで、これで大役の大半が果たせたかとの思いから、それまでずっと全身を縛り付けていたような緊張感がみるみる融け出していくようだった。

まもなく彼は屏風が広げられた対面の場に通され、しばらく待っていると、驚いたことに宗麟本人がその場に現れた。

屏風の件だけでなく安土の様子なども直に聞きたいからと、彼は源助との対面を望んだ。
体調が優れぬのかやや面やつれした感じに見えたが、屏風を食い入るように見る彼の目は鋭かった。

「右隻の湖岸を前に聳え立つ色鮮やかな安土の城の光景もいいが、左隻の金箔地に墨一色で夜景を描いた墨絵はかつて見たことがないもの。〝金箔に映える夜〟とも〝夜に映える金箔〟とでもいえようか」

思いがけず対面することになり身を固くして畏まっている源助に、宗麟は顔を上げるようにいうと彼に向かって自らの感想を語った。

「ところで左隻の光景は夜祭か何かの折のものか」

「昨年のことですが、しばらく安土に滞在されていた巡察師の方が安土を発たれる前の盂蘭盆会の夜に、信長様が送別行事として催されたものです」

「それはバリニャーノ師に違いない。畿内での巡察を終えられた後、十月上旬にはこちらにも立ち寄られた。その際織田殿から師へ寄贈された『安土城図屏風』を拝見した。あれも素晴らしかったが、目の前の左隻図にはあれにはない遊び心が感じられる。それがあってこのような新味に富んだ絵が描けたのであろう」

源助はうなずきながら彼の感想を面白く聞いた。

「さて両隻に描かれた白鳩じゃが、それはわしを喜ばせようとしてのものか」

「白鳩がキリシタンの聖霊の象徴という話から師が描き加えられました」

「そのような話を法印殿は誰から聞かれたものやら」

「わたくしめでございます」

「何と、その方からと申すか。その方は誰からその話を聞いたのか」

「提灯船が並ぶ川沿いに見える建物がそれですが、一昨年われらの宿舎からほど遠からぬ所にセミナリオと呼ばれる修道院ができまして、そこに住まう日本人修道士の方から聞きました」

「そうであったか。左隻のこの三階建ての建物がそれか」

「左様でございます。安土城下でも目立って立派な建物でございます」

「ところで、その白鳩が銜える短冊には、祠より飛び立つ鳩の云々とあるが、歌の詠み手は誰か」

「師でございます」

「この歌にあるように、聖霊を象徴する白鳩に導かれて天国へ召されればこのわしも本望じゃが、一つ解せぬことがある」

「それはどのようなことでございましょうか」

「白鳩が銜える十字架の先端が天主閣に向けられている上に、上空を舞う白鳩が銜える短冊の下端が天主閣の屋根に届かんばかりに描いてある。それはもしかして法印殿が天主閣を天国と見立ててそうしたものであろうか」

「天主閣五階の八角堂とその上の三間四方の最上階はそれぞれ仏塔、仏堂を模したものと聞き及んでいます。八角堂の壁面には仏教関連図が、最上階のそれには儒教関連図が描かれていて、師はそれらが共に天に通じる教えを説いていると考えて、十字架の方向や短冊の位置をそうしたのかもしれません」

「改宗前のわしならそれで何ら不満はいうまいが、今のわしにとってキリシタン以外の教えは邪教。法印殿がそなたの申すとおりに考えて意匠を施したとすれば、それは無くもがなの配慮」

こういわれて源助は、恐れ入りますといってその場に畏まるほかなかった。

「法印殿も悪意があってそうされたとは思われぬゆえ、何もそのように恐れ入ることはない」

そういってからもう一度目十字架に目を遣った宗麟は、そこに文字が書かれていることに気づいた。

「ラテンの文字が五つ書かれているようだが、それは何か意味のあることばか」

「戸口の意味を持つポルタということばでございます」

「それも存じ寄りの修道士から教わったのか」

「はい。師から尋ねるようにいわれてその方から教わりました」

「耶蘇（イエス）の死の意味を象徴するクルス（十字架）に、天国への入り口を連想させるラテンの文字を記すとは、法印殿の気の利いた計らい、うれしく思う」

「そのように仰っていただければ、師もきっと喜ぶはずでございます」

「して、その方はキリシタンの教えを聞いて入信する気はないのか」

「今はまだその決心はできておりません」

宗麟は手に持っていたロザリオを差し出すと、源助にそれを受取るようにいった。

「このような素晴らしい屏風を無事この地に届けてくれたお礼じゃ」

受け取るのを躊躇していると、今度は首にかけていた金の十字架を外し、近う寄れ、といってそれも併せて差し出した。

「それは法印殿へのお礼のひと品じゃ。安土へ戻ったらわしからの気持ちだといって渡してくれ」

彼は押し戴いた後でそれを懐紙に包んで懐に仕舞い込むと、見たことはあっても手にしたのは初めてのロザリオを珍しげに見やった。

それは幾つも連なった花弁状のガラス珠の穴に紐を通して輪にしたもので、信徒はそれを片手に持ち親指を使ってその珠を一つ一つ順に動かしながらお祈りをするといって、宗麟はその扱い方を教えてみせた。

「ところで城郭近くに描かれている寺院じゃが、もともとそこにあったものか」

「いえ、一昨年（天正八年）七月に開基されたもので、総見寺という七堂伽藍を備えた立派な寺院です」

「ということは織田殿が建立されたものと思われるが、どういうわけでそれを城下ではなく城郭の建つ山腹に建てられたものやら」

防御の常道からいって、城郭近くの山腹に防御施設ではない寺院が設けられたことに宗麟は信長の意図を解しかねた。

「詳しいことは存じませんが、お寺の本堂二階には信長様のご神体とされる石が祀られているとのことで、それでお城の近くに建立されたのではないかと」

「何と、いま信長殿の神体と申したか」

「はい、そう申しました」

これを聞いて宗麟はしばし黙り込んだ。

唯一絶対の神デウスを信仰する彼にとって、自らを神の如く自らの神体とする石を本堂に祀るなど、それはデウスへの冒瀆以外の何ものでもなかった。

昨年（天正九年）信長の斡旋があって、領地拡大を図る島津氏との間に和睦が成ったこともあり、彼は今耳にした信長の所業を口に出して悪しざまにいうことは控えた。

しかし、これまでキリシタンに好意的友好的だった信長が、キリシタンの教えとは相容れない行動を取ったとなれば、今後彼との付き合い方をどうするか憂慮された。

「さて先ほど手にした法印殿からの文だが、わしには心当たりのないことが一つ書かれてあった」

「差し支えなければ、それはどのような事かお聞かせ下さい」

永徳が何か心証を害するようなことでも書いたのではと気になり、源助は臆することなく尋ねた。

「わしはこれまで幾度となく戦に臨んだが、一度として城へ通じる抜け道を見つけて城を奪い取ったことはない。さすればそのような話を法印殿にするはずもなし。ところがわしからそのような話を聞いたことを懐かしく思う等と書かれてあった」

永徳は宗麟宛の手紙に、彼に秘事を読み取ってもらうための補完的手立てとして、彼から聞いてもいない戦話を敢えて捏造して書き込んでいた。

二十五章

源助は無事大役を果たした翌日、臼杵から日向街道を七里半ほど北にある府内へ向かった。府内に何か用事があるわけではなく、堺へ向かう船が臼杵より早く三日後に出ると知らされていたからだ。

府内は宗麟の跡を継いだ義統が居館を構える政の中心地。その前に広がる別府湾沿いにはかつてポルトガル船、明国船、南蛮への派遣船等が盛んに出入りした沖の浜があり、そこは今も国内における海上輸送の拠点であった。

三日後、予定通り船が出港することになり源助はそれに乗って豊後を後にした。

身軽になった還りは瀬戸内海経由で、下向の際より早く堺に帰港できるものと思われたが、途中寄港する港が往きよりも多く堺までの航行日数はほぼ同じだった。

また内海だから海は穏やかかと思っていると、潮の流れが急な箇所が随所にあって、舵取りを誤ると無数に点在する浅瀬の岩礁に乗り上げて沈没する恐れがあるなどと、船頭から脅かされた。

そう聞かされても彼にとってより切実な心配の種は船酔いだったが、それも杞憂に終わり、室津を過ぎて淡路島がまぢかに見える頃には懐郷の念を日々募らせた。

源助は安土を発ってから一月余り経って無事永徳のもとに立ち帰ってきた。彼の帰りを心待ちにしていた永徳は、彼の長旅の労をねぎらう間もなく、豊後での出来事の報告を促した。

まず彼は宗麟が絵の出来栄えにいたく感心していた事を報告した。

「とくに左隻の夜景図をご覧になり、〝金箔に映える夜〟とも〝夜に映える金箔〟ともいわれ、金箔地に墨一色で夜景を描いた墨絵はかつて見たことがないと、いたく感動された御様子でした」

「絵の出来栄えをそのように喜んでいただけたのは何より」

「また夜景図には『安土城図屏風』にはない〝遊び心〟が感じられ、それがあってこのような新味に富んだ墨絵が描けたのであろうとも」

〝遊び心〟と聞いて彼は、そのことばをどう受け取ればいいのか考えてみた。

—秘事を伝える特殊な屏風とはいえ、依頼主がいない絵を仕上げるにあたって、自分が描きたいものを優先して描いた結果、そこに〝遊び心〟があると看取されたものか。

「それにしても『安土城図屏風』と比べられるとは思っても見ない事」

「巡察師の方が九州へ戻られて臼杵に立ち寄られた際にご覧になったようです」

さすが数寄者と名を馳せる宗麟だけのことはある、とその鑑賞眼を評価する一方、今の永徳にはそういった賛辞よりもっと他に聞きたい事があった。

「それ以外に宗麟様は何か申されなかったか。例えば、白鳩や和歌や十字架等の件について」

「和歌については、あの歌にあるように白鳩に導かれて天国へ召されれば本望だと仰せでした。また十字架に記されたラテン文字については、気の利いた計らいだ、といわれて喜んでおいででした」

「他には何か」

「ただ白鳩の十字架の向きや短冊の位置については何やらご不満のようでした」

「それはまたどうして」

不満と聞いて永徳は、つい急き込むようにして問い掛けた。

「それらを見て、天主閣がまるで和歌に謳われた〝天〟でもあるかのように描かれていないかと」

「何と」

〝天〟と天主閣が結び付けられたことで彼の胸は一気に高鳴った。

「そのように申されたので、僭越ながら、天主閣五階，六階には天に通じる教えを説く儒教や仏教の関連図があって、それを念頭に師がそのように描かれたのかもしれませんと申し上げました」

「それに対してどう申された」

「キリシタン以外の教えは邪教だと申されて、それについては余計な心遣いだと」

天主閣が〝天〟の意ではなく〝天〟が天主閣の意であることを伝えたかった彼は、こう聞くや気落ちしながらも添え状に捏造した戦話に一縷の望みを託した。

「ところで添え状については何か申されてはいなかったか」

「それについては、師が何か勘違いしているようだと仰いまして」

「勘違いとは、どのような」

「これまで多くの戦に臨んだが、抜け道を見つけてそれで城を奪った戦は一度としてないと」

「それだけか」

「はい」

屏風と添え状をもって秘事を伝えようとした企みが失敗に終わったと判った途端、体の芯がいち時に融け落ちていくような感覚に見舞われた。

源助はそれまでとは打って変わって何やらぼんやりした彼に、懐紙に包んだ十字架を取出しそれを手渡した。

「屏風のお礼にと、金子の他に宗麟様から師にはこの金の十字架を、わたくしにはこのロザリオを頂きました」

永徳に十字架を差し出した後、源助はその扱い方を宗麟から直接教わったといって、念珠状に連なったロザリオのガラス珠を、帰途盛んに練習した甲斐もあって、手慣れた指使いで次々に動かしてみせた。

「こうしてガラス珠を動かしながらキリシタンならではの経文を唱えるようです」

――絵師としてできるだけのことはやったではないか。意図したことが伝わらなかったのは余計なことに首を突っ込まず、絵師としての本分を全うせよとのこれは天の声かもしれぬ。

永徳は源助のことばを上の空で聞きながら、こう自分にいい聞かせていた。

二十六章

永徳の企てが水泡に帰してから三カ月余り経った天正十年（１５８２年）六月三日、僅か近臣数十名を連れて本能寺に寄宿していた信長を重臣明智光秀が襲い、彼を自刃に追いやった。

永禄十年、信長に仕官した光秀は義昭上洛後に彼の近侍となるが、義昭追放後には柴田勝家、羽柴秀吉と並ぶ部将の一人として畿内一円を統括する重職にあった。

当日深夜、中国攻めの支援に向かうため一万三千余の兵を連れて亀山を発った光秀は、老の坂を越え沓掛に差し掛かると軍勢を中国方面へ通じる摂津ではなく京へ向けて誘導した。未明に桂川を渡り入洛した明智勢は、卯の刻（午前6時頃）本能寺を取り囲んだ。

本能寺は南北を六角から四条坊門、東西を西洞院から油小路の各通りに囲まれた日蓮宗寺院。

妙覚寺同様、寺は周囲に堀がめぐらされた上に境内は築地で囲われていて、簡易な防御施設を備えていた。

この時、奥書院に起居していた信長は光秀謀反の前にいったんは弓や槍をもって応戦したが、形勢不利と見て寝所に戻ると介錯の後に火を放つよう命じて自害した。享年四十九歳。その後、明智勢は本能寺から五丁（約520メートル）ばかり北にあって三条坊門通りに面する二条御所に立て籠った信忠を攻め、彼を戦死に追いやり辰の刻（午前8時頃）には襲撃を終えた。

本能寺の変の報せはその日の昼過ぎには安土へももたらされ、城内はもとより城下もまた大混乱に陥った。

城下の宿舎でその報せを聞いて、驚きの余り思わず手にしていた筆をその場に落とした永徳は、やがて落ちた筆を拾い上げながら、本能寺での信長の最後に思いを馳せた。

人間五十年で始まる幸若舞「敦盛」の一節を愛唱した彼が、それを目前にしての非業の死。その死を前にして彼はいったい何を思ったか。

生は寄なり死は帰なり、といった信長のことばが生々しく思い出された。

—光秀謀反と判った時、生は寄なりとして彼はそれを冷静に受け止めたのだろうか。それとも重臣にまで取り立ててやった恩義も忘れて、と怒り狂ったのであろうか。

法外に型破りな信長の心境を知る由もなく、やがて彼は気を取り直すと、このような大変事が誤報とは思われなかったが、真偽のほどを確かめようと源助を急ぎ城へ遣った。

一人になると、信長の死をどうとらえればいいのか自ずと考え込んだ。

彼の信長打倒の企みは実を結ばなかったが、それから僅か三ヶ月余り経った今、図らずも光秀によって彼の望みが叶えられた。

それにつけても、やはり天は信長の非道に対して天罰を加えられたのだとの思いを強くする一方、光秀謀反による信長の死を素直に喜べない自分もまた現前した。

――乱世にあって、器量、度量共に勝る家臣が凡庸な主君を倒す例は珍しくない。信長もそうやってのし上がってきた。しかし光秀は信長に優る武将であろうか。彼なら信長のようにお上を蔑ろにする恐れはあるまいが、信長が推し進めてきた天下布武の流れが頓挫し、乱世がこのまま打ち続くことにはならないか……

二十七章

一刻ほどして源助が立ち戻ってきた。

「運よく蒲生様に直にお会いできました。信長様、信忠様ご自害の噂はまこととのこと。ついては今夜にも城下の治安は乱れる恐れがあるゆえ、身の安全のためにすぐにも城下を出るようにとのおことばでした」

賢秀は既に城を捨てることを決し、信長の妻妾を引き連れ居城日野城へ退避すべく準備に取り掛かっていた。

どれほど防備に優れていても、安土城ほどの規模の城を隈なく守るとなればそれ相応の兵が必要。

しかるに留守を預かる城兵は一千余りで、頭となる信長が討死となれば兵の士気、統率力の低下は免れず、そこに一万余の光秀勢が攻め込んでくれれば、長くは防ぎ切れない事ぐらい絵師の永徳にも明らかだった。

それより今夜にも城下で乱暴狼藉が横行しそうな中、身の安全を確保するためにはどうすればいいか、それへの対策を講じることが喫緊の課題となった。

「城下を出るよういわれてもどこへ行けばいいのか。京へ戻るにしても京の治安がどうなっているかわからないし、またその途上で危険な目に会うことも予想される」

「まずは船で対岸の坂本へ渡ってみてはいかがかと。光秀様の城下なれば治安に心配はないのでは。それにあの地なれば京にも近うございます」

「それも一案。ただ、坂本へ避難できたとして宿泊先など当てがあるのか」

返事に窮している源助を見て永徳は、三井寺の通称で知られる天台寺門宗総本山園城寺を頼れるかもしれない、とその時思い立った。

かつて元信が三井寺の依頼で「鎮宅霊符神像図」描いたことを思い出したのだ。その縁を頼れば宿泊先の世話を頼めるかもしれなかった。

三井寺なら坂本から一里半足らずで東海道へも近い。

それとは別に同じ対岸でも大溝への避難も考えられた。

これからすぐにも信澄邸へ出向いて留守居役に事情を話せば、大溝での避難先を紹介してくれるかもしれず、祖父の縁を頼るよりそうした方が確かなものに思われた。

信澄の正妻は光秀の娘。信澄が謀反に加担しているかどうかはわからなかったが、娘の住む大溝城を相手に戦にならぬよう光秀側から働きかけがあるものと思われた。

永徳は大溝への避難を第一に考えると、以前依頼されていた短冊に梅一輪を、更に別の短冊に梅の木に止まる鶯を手早く墨一色で描き込み、それを持って源助と共に信澄邸へ急ぎ向かった。

そこで永徳は留守居役に事情を話すと、明日早朝にも屋敷で働く婦女子を大溝へ送り出す算段をしていたとのこと。それに便乗して永徳らも大溝へ避難することになった。

また宿泊先について留守居役は彼の屋敷を寄食先として申し出た上に、寺より武家屋敷の方が安全だといって今夜にもこの屋敷に避難してくるように勧めた。

さらに今夜は寝ずの見張りをする必要から、少しでも男手が多いほうが心強いとも付け加えた。

宿舎に帰るなり永徳は光信と三人の弟子を呼び集め、これから暗くならぬうちに信澄邸に向かい、そこで一夜を過ごした後、早朝には安土を離れて大溝へ避難する旨を伝えた。その上で直ちに必要なものをまとめるよう指示した。

本能寺襲撃終了後光秀は坂本へ向かい、翌四日から近江の諸勢力の取り込みを図り、当日ほぼ近江全域を制圧。

翌五日、安土へ入った光秀は蒲生賢秀から安土城の引き渡しを受け、翌六日には勅命を受けた吉田兼和と対面して京の治安を守る旨を約した。

八日に娘婿秀満に安土城を預けて坂本へ戻った光秀は、翌九日、未の刻(午後1時頃)上洛。

新たな京の支配者として五摂家、七精華家以下多くの公家衆、町衆等に出迎えられた光秀は、その日の夕方、下鳥羽に軍を進めてそこで陣を張った。

それは、四国制圧に向けて堺に集結している信孝率いる織田勢を念頭に置いての布陣だった。

翌十日、光秀は京から大阪へ通じる大坂街道洞ヶ峠に出向き、頼みとした大和の筒井勢の参陣を待ったが、期待に反して筒井勢は現れなかった。

その日の夜に入って、敵対していた毛利と講和した秀吉が七日夜に姫路へ帰還し、数日中には大坂まで進軍して来るとの知らせが光秀の陣に入った。

信じ難いような秀吉勢の迅速な動きを知った光秀は、翌十一日、下鳥羽へ陣を戻すと共に勝竜寺城、淀城の防備強化を図った。

信孝勢に加えて秀吉勢を迎え撃つための対応策だった。

翌十二日夜、摂津富田に到着した秀吉は、その場に集った諸将と打ち合わせて翌日山崎付近での集結を決議した。

山城と摂津の国境にある山崎は京、伏見、西宮に通じる街道の分岐点であり、古来より交通の要衝だった。

翌十三日、午後四時頃始まった光秀勢と秀吉勢の戦は、第二、第三波と攻防が続く中、次第に光秀勢の劣勢が明らかになり、御坊塚の本陣に戻った光秀は大勢が決したとの報告を受けて勝竜寺城へ帰城した。

その後深夜に城を抜け出し、坂本へ向かう途上の小栗栖で土民に襲われ重傷を負った彼は、その場で家臣に介錯を頼み自らの命を絶った。享年五十五才。

翌十四日、安土城を退城して坂本城に帰還した秀満は、秀吉勢に城を包囲され城内で自刃。

二十八章

本能寺の変後、永徳は大溝の留守居役宅で日々新たに伝えられる事態の推移を見守っていた。

六月十日、前日上洛した光秀が京の新たな支配者として迎え入れられたことを知り、明日にも京の様子を確かめさせようと光信と弟子の一人を京へ遣ることにした。

それから二日後の昼過ぎ、京から立ち戻ってきた彼らの報告を受けて、明後日にも帰洛の途に付くことにした。

ところが、帰り支度を整えた翌日の夕刻、秀満自害の報と前後して光秀勢が山崎で秀吉勢に敗退し、その後土民に襲われた光秀が自害したとの報ももたらされた。

余りにも急激な事態の推移に、永徳はただただ驚き唖然とする他なかった。

それらをもたらした第一の功労者が備中で毛利勢との戦に臨んでいた羽柴秀吉で、およそ人間業とは思えぬ働きぶりを発揮したことで彼は一躍世間の注目の的となった。

これまで永徳は光秀、秀吉共に親しく付き合う機会はなかったが、二人の評判や外見上から、謹厳実直な印象の光秀に対して秀吉は臨機応変に事に当たることができる人物との印象を持っていた。

　彼は信長に代って光秀が天下人になることに少なからぬ不安を覚えていたが、この度の秀吉の一連の働きぶりを知るにつけ、彼なら信長の天下布武への流れを引き継げるかもしれぬと、不安より希望のほうが優って芽生えた。

　光秀の三日天下となった事態の急変を受けて、翌日予定していた帰洛は延期を余儀なくされた。京の支配者となったばかりの光秀の死によって、近江から京に及ぶ治安の悪化が懸念されたからだ。

　その夜、ぐっすりと寝入っていた永徳は繰り返し彼を呼ぶ源助の声に目を覚まされた。

「何としたことか、あの安土の城がいま炎上しております」

　源助は興奮しているせいか、叫ぶように目の前の事態を訴えた。

　安土城は大溝城を前に臨む山麓に建つ屋敷からは東南の方向に遠望された。

　急ぎ起き上り、城の見える庭先に出てその方向を見ると、曇天の夜空を背景に大松明かと思わせる三筋の炎が随分と近くで燃え盛っているように見て取れた。

　その位置関係から炎上しているのは、天主閣を中にして向かって左の本丸と向かって右の二の丸だとわかった。

　小刻みに震える膝をそのままに、永徳は左右のそれより一段高く紅焔《ぐれん》の炎と化した天主閣の様子を食入るように見入った。

その間、不遜極まりない所業や非道の数々によって天罰を受けた信長が業火に身を焦がす地獄絵図を想像する一方、心血を注いで描いた数々の絵が目の前で焼失していく様を見て何とも複雑な心境に陥った。

―天は信長の命を奪うだけで事を終わらせず、わたしの絵の数々も道連れにしてあの城を炎上させたのか。

そう恨みごちながらも、天は信長の意向に沿って描かれた絵の数々をこのまま世に残すことを潔しとしなかったのか、とも思われてきた。

やがて焼失する絵の中に本当に残して置きたいと思う絵がどれほどあるかと自問してみた時、意外にも、これだけはと思い当たるものがひとつとして思い浮かばなかった。

信長の意に沿うことを優先する画業にあっては、自身の願いも込めて描いた「洛中洛外図屏風」のように、手元に置いていつまでも眺めていたいと思うような愛着のある絵はなかったのだ。

そう思い至った途端、城内にある絵の全てをひとつ残らず焼き尽くしてしまえ、と燃え盛る炎に向かって大声で叫びたい衝動に駆られた。

翌十六日の明け方まで燃え続けた城は、炎上を免れた三の丸を残して石垣を残すだけの無残な姿と化した。

その当日、一昨日大津へ着陣した秀吉が安土へ入ったとの知らせを聞き、永徳は明日にも京へ戻ることに決めた。

永徳一行が帰洛して五日目、光秀並びに前久からの預かり物を所持している者は即刻それを差し出すように、と命じる触れ状が三男信孝によって洛中に配された。

光秀と共に前久の名が挙げられたのは、本能寺の変の際、光秀勢の一部が隣家である前久邸から打ち入ったことから、彼による謀反への関与が疑われたからだ。

本能寺の変直後、醍醐山で剃髪しその後嵯峨に逼塞していた前久は、謀反への関与を否定し信孝もそれを認めた。

ところが、七月に京の支配を任された秀吉から彼は再び関与の嫌疑をかけられた。

それに対してできうる限りの弁明に努めたが、十一月に入って彼は徳川家康の領国駿府へ下向した。

永徳は突然の前久離京の知らせに驚くと共に、以前彼がお上を守る立場から信長の誘いを受け入れた云々と意味ありげな物言いをしていたことを思い出していた。

—関白が本能寺の変に係わっていたか否か知る由もないが、何よりお上第一を旨とする立場からどうすることがその目的に適うか。それをもとに行動するとすれば、機を見て信長にすり寄る立場からそれに反する立場へ関白が豹変することも十分にありえる話。それにしても離京後の落ち着き先が何ゆえ駿府なのか……

二十九章

本能寺の変後七日経った六月九日、変事の報せが豊後の宗麟のもとにも届いた。驚きが冷めやらぬ中、山崎の合戦で織田勢が光秀勢を打ち破り、近江へ逃げ帰る途上の光秀が落命との報せがその後に続いた。さらに数日後には安土城焼尽との報せも。

彼は矢継ぎ早に起こった予期せぬ一連の出来事について、まこと驚きを隠せなかった。

後日、宗麟の下に立ち寄ったフロイスにこの度の出来事について彼の見解を尋ねると、彼は信長が自らを神と僭称し自らの神体とする石を寺院に祀らせたことは、デウスを冒涜する大罪であり、彼の非業の死と彼の居城の焼失はその罪の報いであると述べた。

源助から信長による神僭称の話を聞いて実に怪しからんと思っていただけに、宗麟はフロイスの下した見解に一も二もなく同意した。

本能寺の変から二年後の天正十二年（１５８４年）、島津氏は肥前龍造寺氏を島原の戦で下して肥前、肥後を支配下に置いた後、さらに領土拡大を図っていったんは和睦した大友氏の領内へ侵攻を開始した。

それから二年後（天正十四年）の四月、島津侵攻に直面して危急存亡の秋を迎えた宗麟は、自ら大坂の秀吉のもとに出向き彼の支援を要請した。

当時秀吉は信長亡き後の主導権争いで信孝・勝家一派を退けると共に、いったんは敵対した信雄とも和解して信長の実質的後継者に成り上がっていた。

宗麟からの支援要請を受けた秀吉は、同年、毛利輝元、長宗我部元親等を九州へ派遣。翌十五年（１５８７年）三月、秀吉自ら九州へ出陣して同年五月、島津氏を降伏せしめた。島津攻めは四月には大勢が判明し、秀吉から領国安堵を約された宗麟は、元来病弱だった上に張りつめていた気持ちが緩んだのか、島津氏降伏直前の五月六日病没。享年五十八才。それに先立つ旬日前、彼は彼の娘の息男志賀親次に島津攻めでの軍功に対する恩賞として永徳から贈られた屏風を授けた。

この屏風については神僭称をした信長の居城と城下を描いたものであり、彼の死に伴いいったんは廃棄も考えられたが、永徳の作でもありそうするにはその出来栄えが余りに素晴らしく納戸に仕舞わせるに止めた。

屏風を授ける際、それには落款がないからといって永徳からの書状も手渡し、それが永徳筆であることを証すものであり大切に保管するよう申し伝えた。

島津攻めの際、親次は大野岡城に籠城し島津勢の猛攻を跳ね返して城を死守すると共に、島津に寝返った勢力の殲滅《せんめつ》にも尽力した恩賞として、秀吉から日向に一城を与えられた上に大野庄内に千石の所領を安堵された。

文禄元年（1592年）、親次は朝鮮への侵略を図った秀吉の命で当主義統と共に朝鮮出兵に参加した。

その際小西行長の援軍要請を無視して大友勢が戦線から退去したため、その責めを負って義統が秀吉から領国を没収され、それに伴い彼もいったんは禄を失った。

それから四年後の文禄五年、彼は秀吉から日田郡大井に千石を安堵された。

さらに五年後の慶長六年、彼は福島正則に仕えることになり安芸備後で所領を安堵された。安芸へ移居するにあたりその年三十六才だった彼は、また生まれ育った豊後へ立ち戻ることもあろうかと、宗麟から譲り受けた屏風を豊後の地に残して置くことに決め、彼と同じくキリシタンであった日田商人佐久藤左衛門にそれを預けた。

それから四年後（慶長十年）、秀吉の死後天下人となった徳川家康はフィリピン総督宛ての書簡で、日本でのキリシタン布教を禁ずる通達を出すと共に、武士による入信を禁ずる禁教令を発令。

その後禁教令は武士以外の階級にも及び、慶長十七年（1612年）にはキリシタンの信仰そのものを禁ずる制禁令を発令。

その後それに従わぬ者への弾圧を開始し、元和二年（1616年）家康が亡くなった後、それは次第に容赦ない苛酷なものになっていった。

そうした状況下、嘴に十字架を銜えた白鳩を描いた屏風を従前通り所持することも次第に憚られるようになった。

その件で相談したい親次はその後備前・美作の小早川氏、続いて肥後細川氏に仕えた後に他界し、藤左衛門は今後それをどう取り扱ったものか苦慮した。

廃棄も考える中、思案の末に屏風を人目に付かぬように秘匿することにした。

その出来栄えに加えて、灰燼と化した安土城の偉容を伝える屏風としてここにあるのは、画中の白鳩が口に銜える十字架のおかげではないか、とも思われ廃棄を思い止まった。

虫喰いやかび等の害ができる限り及ばないように屏風を油紙で包んだ上で錦袋に入れ、さらにそれを麻布で包んでから桐の箱に入れ、日田隈町にある三隈川沿いの別邸の土蔵床下の土中浅くに埋めた。

寛永十五年（1638年）、キリシタンと幕府との戦となった島原の乱終結後まもなく佐久家は廃絶。その跡地を買い受けた大田屋は土蔵床下に埋められた屏風の存在について何も知らされることはなかった。

最終章

取材を終えてから3日目、その日の夕刊に日田での取材記事が載ると水島から谷見にメールが入った。

新学期はまだ始まっていなかったが、新入生向けのオリエンテーションの準備で今朝から出勤していた彼は、学校からの帰りに自宅近くのコンビニで京滋新聞を買い、急ぎ家に帰って新聞の文化欄を開いた。

まず目に飛び込んできたのは、彼がデジカメで撮った十二枚の各隻を横並びにつなぎ合わせた屏風の全体写真。

紙幅いっぱいに掲載されたカラープリントの出来は、屏風を間近に見た者からするとおよそ満足のいくものではなかったが、それによって多くの人に屏風の出来栄えの一端なりとも伝えられると思うと、それが新聞に掲載されたことに不満はなかった。

次に写真の下段に掲載された取材記事を読むと、彼が周知の屏風に関する情報の後で、間近にそれを目にして強く感銘を受けたわたしは、それが永徳の真筆だとの思いを強く持った、と締めくくられていた。

その点については全く同感だったが、TVの「なんでも鑑定団」でよく見かけるように、素人が偽物に騙されるのは珍しい話ではなく、屏風を見た際の感動が本物から得られたものかどうか、谷見なりにそれを確かめずにはいられなかった。

日田から帰った翌日の午後、彼は岡崎の府立図書館に出向いた。

それに先立って両隻の各扇を撮った写真をA4サイズで計12枚プリントアウトし、それを図書館に持ち込んで永徳の図録で真筆とされる作品と見比べてみることにした。

「安土城図屏風」の右隻に対しては、真体彩色細画の「洛中洛外図屏風」、「洛外名所遊楽図屏風」の二作品を参照してみると、その中に描かれた山肌、岩肌、土坡、樹林、屋根等に類似する描法が見出された。

そうした類似描法とは別に特に目を引いたのは、あの白鳩が止まっていた祠と「洛外名所遊楽図屏風」に描かれた野々宮社の外観だった。

建物の形態はもとより檜皮葺《ひわだぶき》のこげ茶色の屋根、朱塗りの柱等、社《やしろ》の前に描かれた黒い鳥居を除くと双方の外観はほぼ瓜二つ。

また三作品に共通して調和の取れた華やかな色彩美が見て取れた。

他方、行体墨色画の左隻ついては画面が対角線で二面構成された作品は他に見当たらない上に、灯りの当たる所以外は墨の濃淡で塗りつぶされた夜景図もまた他には見いだせず、参照できる作品はなかった。

敢えて行体墨色画ということで、「湘相八景図」一幅と「山水図扇面」一面を参照してみたが、山水樹石を描く二作品とは景物の描法について比較はできなかったし、また諸景物が配置された構図面でも左隻との類似点を見出せなかった。

かように左隻については参照できる作品はなかったが、それでも彼の作品から受ける共通した印象から、あの絵が永徳真筆だとの思いはいっそう強いものになった。

図録に掲載された他の作品も含めて真筆とされる彼の作品には彼ならではの特徴があって、それは曽祖父正信、祖父元信、父松栄を含めた狩野派のどの絵師よりも華麗さに富み動的で躍動的である点だった。

そうした特徴は「安土城図屛風」の両隻でも見て取ることができた。

細やかな筆致で描かれた色鮮やかな右隻では、一見それは動きのない静止画調でありながらそれから受ける印象は決して静的ではなかった。

何故そう感じるのか、その原因についてすぐには思い至らなかったが、やがて右隻に描かれた金雲の配置によって動的な画調が演出されているのではないかと気づいた。

流麗な形態や複雑な構成で描かれた金雲によって、安土城とその下に広がる城下や湖が自然の光や風の中で丸で息づいているかのように感じられた。

また左隻の川面に連なる船上で揺らめく松明、天主閣上空を風に乗って舞う白鳩、軒先の提灯に揺れ煌めく天主閣等に見られる動的な描写は、何といっても彼ならではの筆力によるものと思われた。

さらに、あの屏風も含めて彼の真筆からは彼ならではの気品が感じられた。それは研鑽修業を積んで得られる類のものではなく、生来彼に備わった才かと思われた。

図録を参照することであの絵が永徳真筆だと確信する一方で、気がかりなことがないわけではなかった。

永徳の真筆とされる一双の屏風で、隻によって画体、彩色法等が異なるものが他に一点も見当たらない点だった。

その理由について、当初永徳は六曲一双の屏風ではなくそれぞれ独立した一隻の屏風として制作したのではないかと思われた。

その上でそのどちらかを献上するつもりだったが、出来上がった作品を見て双方を一双の屏風にすることに〝妙趣〟を覚えたのではないか。

そこで絵の特徴が対照的な両隻の一体感を演出するために祠に止まる白鳩と上空に舞う白鳩を描き加え、静止的で華やかな昼の景観と動的でモノクロームな夜のそれとを一体化しようと図ったのではないか。

ただその二羽の白鳩がそれぞれ十字架と短冊を銜えている点については、それが宗麟への配慮によるものだったとしても、無くもがなのものに思われた。

❀

数日後、会って話がしたいと水島から谷見にメールが入った。

屏風に関する話だろうと予想はついたが、わざわざ会って話すほどの内容が何なのか心当たりのないまま、週末の午後、二人は京都駅に隣接するホテルのロビーで会うことになった。

当日、彼がほぼ時間通りにホテルに着くと彼女はすでに来て待っていた。

今日は九州に出かけた際に付けていたパールのイアリングはなく、後髪もアップされていなかった。

あの時目を奪われた色白な襟足を思い出しながら彼女の前に立つと、ほのかに匂い立ったコロンの香りにほんの一瞬時の流れを忘れさせる快感を覚えた。

「わざわざ会ってする話って何なんだ」

彼女はそれには答えず、最上階にあるレストランでランチを食べながら話をしようと彼を誘った。

土曜の午後で店内のテーブルは満席状態だったが、彼女が段取りよく事前に予約をしていたから待たされることなく席に着けた。

「例の屏風の十字架に書き込まれていたアルファベットの事を覚えていますか」

「おれが先に見つけたんだから、覚えているさ。それがどうかしたのか」

実のところ十字架のアルファベットの件はすっかり忘れていたが、正直にそういうのも癪なのでそうはいわずに彼女に話の続きを促した。

「P、R、O、T、Aの5文字。どういう順でそれを並べれば意味のあることばになるのか気になりません」

「気にならないこともないが、それで呼び出したわけか」

「その5文字からキリシタンに関連したことばが見つけられないかと、ネットのアナグラムサイトに5文字を打ち込んでみたんですが、期待したような結果が得られなかったもので。それで先輩に協力してもらえればと」

「アナグラムって、アルファベットのスペルの順序を変えていろんな言葉を見つける遊びのことか」

そうです、といってその結果を記した用紙を見せた。

「その中でワンワードとして意味のあることばは、ａｐｏｒｔ、ｏｐａｒｔ、ｐｏｒｔａの

3つだけで、残りは英和辞典で確認できなかったんです」

「それで、それぞれどういう意味なんだ」

「apортは船舶用語でしょうか、左舷にという副詞。opartはoptical artの省略形で、光学的トリックを取り入れた抽象美術の意。またportaは医学用語で、脈管・神経が出入りする器官の開口部を意味します。この三つのことばはどれもキリシタンに関連したものではなく、わざわざ十字架に書き込む意味があったとは思われません」

「a portはどうなんだ。portに冠詞のaが付いたものとは考えられないのか」

「それなら、あんな限られた場所にわざわざ冠詞をつけなくてもportだけで十分じゃないですか」

「なるほど。ただportとすれば意味は港だから、鳩が飛び立つ場所としてふさわしいことばかなとも思えたから」

「野添さんもおしゃっていたように、やはりこの5文字はキリシタンに関連した宗教的なことばだと思うんです」

「キリシタンといえば、当時の宣教師たちは母国語のスペイン語やポルトガル語の他にラテン語も使っていたはず。何しろカソリックの総本山バチカンの公用語は現在もラテン語のはずだからな」

「だからどうなんですか」

「どうって、きみが検索したアナグラムサイトはラテン語のそれではなく英語のそれだろう」

こういわれて初めて彼女は、アルファベット即英語と思い込んでいた自身の迂闊さに気づかされた。

早速彼女はタブレット端末からラテン語のアナグラムサイトを探してみたが、残念ながらそれは見つけられなかった。

かつてローマ帝国の共通語だったラテン語は、現在ではバチカン市国で使用される以外に、学術用語として用いられるだけの使用範囲や頻度が極めて限られた言語。

従ってそれがアナグラムゲームの対象になるとは思われず、そのサイトが存在しなくても不思議はなかった。

そこで彼女は外国語の翻訳サイトからラテン語のコーナーを開き、手始めに屏風に記されていた和歌の〝天〟ということばから、〝天国〟と打ち込んでみた。

それに相応するラテン語を確認してみると、ｐａｒａｄｉｏｓ、ｃａｅｌｕｍ、ｄｉｖｉｎａ　ｒｅｇｅｇｎｕｍといったことばが提示されたが、いずれも十字架に記されたことばではなかった。

「先輩、他に何かキリシタンや十字架にちなんだことばを思いつきませんか」

「原罪とか十戒とか、それから愛とか」

それかもしれないといって即座に愛と打ち込むと、ａｍｏｒと出た。

「フランス語のａｍｏｕｒはそれから派生したんでしょうね」

「そんなことより、さっきのきみの話では英語のｐｏｒｔａは医学用語扱いだったよな。どの程度かはわからないが、医学英語としてラテン語が今もそのまま使用されているようだから、今度はｐｏｒｔａを英語としてではなくラテン語として翻訳サイトに打ち込んでみたらどうなんだ。医学英語以外の意味が出てくるかもしれない」

彼からの提案にうなずきながらいわれたとおりにｐｏｒｔａと打ち込むと、医学関連の意味ではなく正門、ポータル（入口）、広々した門等の意味が示された。

さらにｐｏｒｔａを用いた連語等も数多く表示された。

「残念ながら、どれも宗教に関連した意味ではないですね」

「そうとばかりはいえないんじゃないか。あの短歌との関連から天国への門或は入口と考えればおかしくないだろう」

「なるほど、なるほど、確かにそういう見方もできますね。そうだとして、どういう順序で読めばその綴りになりますかね」

こういって水島がｐｏｒｔａと綴れるように綴りを拾っていくと、十字架の横棒の右端から縦棒の下端へ、そこから両棒が交わる場所へ行き、次に横棒の左端へ向かって最後に縦棒の上端にという順になった。

「どうしてこんな順でｐｏｒｔａの綴りを配置したんでしょうか。普通に考えれば、時計回りか反時計回りで縦棒の上端からぐるっと回って、最後に両棒の交わるところにａが来てもいいように思われんですが」

この日、十字架に綴られた言葉が京都駅地下街のネーミングと同じｐｏｒｔａではないかと判明した点は収穫だったが、どういう理由で5つの文字があのような綴り順になったのか、それはわからないまま二人は別れた。

※

野添はマスコミからの取材がひと段落したところで市や県に今後の対応について相談する一方、彼なりに屏風や添付の手紙にかかわる情報収集を行った。

ひとつは十字架のアルファベット5文字の件で、5という数字に着目して陰陽五行説との関連がないかと思い、民俗学に詳しい知人に話をしてみた。

彼は陰陽五行説の見地に立って、火、木、土、金《ごん》、水の順に並ぶ五つの元素を意味する五行がそれぞれ東、南、中央、西、北の各方位を象徴することから、十字架の横棒右手を東としてそこから南、中央、西、北の順に文字を読んでみた。

するとP、O、R、T、Aという綴りになり、それは当時バテレンが使っていたラテン語ではないかと思い、それをネットのラテン語サイトで確認すると入口、門等の意味だと判明。それは天国の入り口を意味することばとして十字架に記されたものと解釈された。

また永徳の手紙に使われた和紙の生産地や生産年代に関する情報にもアクセスしてみた。

生産地については光学顕微鏡や電子顕微鏡を使えば和紙の原料、繊維幅、紙漉き法等が科学的に明らかになり、かなり正確にそれを特定できることが判った。

生産年代については加速器質量分析法と較正曲線の組合せによる放射性炭素年代測定（BP）検査によって、それを一定期間枠内に絞り込むことも可能だと判った。

それによる測定結果と奥書や書風等で歴史的、書跡史学的に年代が明らかな古文書、古経典等との一定幅での年代的一致が多くみられたからだ。

和紙の生産地に加えてこの検査で手紙に使われた和紙の年代を特定した上で、永徳直筆とされる手紙と比較して筆跡鑑定すれば添付の手紙が永徳直筆かどうか検証することができる。

さらに文化財専用の超高精細大型スキャナと画像材料推定システムについても学ぶところ

があった。

それは科学技術振興機構による事業の一環で開発されたもので、それを使えば対象となる文化財に接触したり、その一部を試材量として取り出す必要もなく、非接触のまま使用された顔料の種類、生産地、年代までも推定できる。

それがなされれば手紙と同様、屏風に使用された顔料から絵の真贋判定の補助材料を得ることができる。

しかし様々なハイテク技術による検査を利用しても、その検査結果は作品等の真贋判定においてあくまで補助材料であり、従来通り最終的判定は人の目を通して行われることに変わりはなかった。

日田での取材から一カ月余りが経ち、山々がここぞとばかりに命の息吹を伝える新緑に衣替えする五月半ば、水島宛に野添から手紙が送られてきた。

早速開封してみると、屏風や手紙に関連して彼が得た情報が丁寧に記載されていた。

その中で判らずじまいだった十字架の五文字の綴り順の謎が、陰陽五行説の五行が象徴する方位をもとに明らかにされたことに正直、驚かされた。

また放射性炭素年代測定という耳新しいことばについてはネットでその内容を閲覧してみたが、その定義や内容等は専門的で容易には理解できそうになかった。

それでもその検査をすれば僅か１㎎の試材量で、木材や和紙の生産年代の一定幅での特定が可能だと判り、科学の日進月歩ぶりを改めて知らされた。

さらに抜け道から城を占拠した戦話に関する情報も記載されていた。

宗麟が当主の座に就いたのが天文十九年二月で、永徳が豊後臼杵を訪ねたのがそれから二十一年余り後の元亀二年五月。

その間の彼の戦歴を大学の専門家に調べてもらったところ、そうした戦話を記す資料は見当らないとの報告。

それが事実だとすれば永徳が言及した戦は彼の勘違いということになるが、懐かしく思い出したとあった戦話を彼が勘違いするとも思われなかった。

宗麟が永徳相手に語るほどの戦であれば、たとえそれが大軍《おおいくさ》でなく小戦だったとしても全く記録に残っていないとは思われなかった。

彼女は母校の史学科で中世が専門の山司准教授に宗麟の戦歴について調べてもらうことにした。

谷見はあの絵が永徳真筆に違いないと自信を深める一方で、祠の上の白鳩の事が妙に気に掛っていた。

信澄邸の一部の建物は金雲模様で省略されていたが、母屋、庭、祠等は細かく描き込まれる中、何故白鳩は母屋の屋根ではなく祠の上に描かれたのか。

それにはそれなりの理由があると思われたが、彼はその疑問を解消する手立てがないまま信澄邸の位置や規模が確認できる「貞亭古図」を取出してみた。

＊

それは安土山に創建された総見寺伝来の安土城絵図で、安土城廃城後約百年を経た貞亭四年（1678年）に作成された安土城に関する最古のもの。

それにより城の曲輪《くるわ》の配置やその周辺の家臣団の屋敷跡などが明らかになる貴重な資料で、そこに記された津田信澄邸は東南方向に城を臨む七曲ヶ鼻という湖岸にあって水路で直接湖上へ通じていた。

湖上から臨まれた城の景観を描く右隻に湖岸沿いの屋敷が描かれても何ら不思議はなかったが、他にも多数あった湖岸沿いの屋敷は一切省かれ、何故か信澄邸と斜面に沿って上手に隣接する森蘭丸邸だけが描かれていた。

二人が共に信長の側近中の側近だったからかとも思われたが、信澄邸に比べて乱丸邸は母屋以外の建物は全て金雲で覆われていてその描かれ方には明らかな差が見られた。

もしや信澄がキリシタンに関心や好意を抱いていて、それで永徳は彼の屋敷に限って事細かに描いたのか。

その点について何か手がかりがつかめないかと「織田信長家臣人名辞典」で彼の経歴を調べてみると、そこには〝彼は甚だ勇敢だが惨酷〟と「耶蘇年報」に評されているとあるばかりだった。

耶蘇《やそ》はＪｅｓｕｓの中国音訳語を日本語の字音で読んだもので「耶蘇年報」の正式名は「イエズス会日本年報」。

それは初来日した巡察師バリニャーノの指示により、日本の政情や布教の状況をローマバチカンに報告したもの。

ついでに信長の親族、側近でキリシタンに好意、関心を示した武将はいないか調べてみると、三男信孝がそうだと判った。

彼がキリシタンになろうと思案したことが「耶蘇年報」に記載されているとあって、もし信澄もそうであれば当然そのことが「耶蘇年報」に記載されるはずで、それがないのは信澄がキリシタンへの関心を示さなかった証。

結局、何故白鳩が祠の上に描かれたのか、また何故信澄邸だけが詳細に描かれたのか、謎は深まるばかりでそれを解き明かす手立ては見出だされなかった。

※

野添からの手紙を受け取った水島は早速、屏風の件で会いたい旨のメールを谷見に送った。卒業してから10年経つが、その間彼は「城郭研究会」の現役とOB合同の忘年会で顔を合わせるぐらいで、彼女との個人的な付き合いはなかった。それでも屏風の件で何度か彼女と会うことに満更でもない気持ちだった。

3日後の夕方、二人は京都博物館前のホテルで会うことになった。京都駅から近いこのホテルは彼の自宅から近い上に、JR奈良線沿線に住む彼女にも都合がよかった。

時間にルーズな彼が珍しく待ち合わせ時間前にホテルに出向くと、まだ彼女は来ていなかった。

フロントドア近くのソファに座って待っていると、まもなく玄関を入ったところで彼を見つけた彼女が小走りに駆け寄って来た。

彼女を立ち上がって迎えると、暑くなる前にショートカットしたのか彼女の目立って色白なうなじが目に眩しかった。

落ち着いた雰囲気の中でゆっくりと食事を楽しみたい彼は、彼女を石庭に面した地下の和食店に誘った。

そんな彼の気持ちを斟酌する様子もなく、彼女は席に着くなり野添からの手紙を取り出すとすぐにそれを読むよう促した。

「あのｐｏｒｔａの五文字の綴り順の謎が陰陽五行説で解き明かされるとは思ってもみなかったな」

「そうでしょう。それにはわたしも本当にびっくり」

「それにしても作品の真贋判定に役立つハイテク技術に関して、六十代の野添さんより自分がよほど遅れていると分っていささかショックだ」

「超高精細スキャナと画像材料推定システムについては、以前取材したことがあったので知っていましたけど、放射性炭素年代測定についてはわたしも知らなかったんです。とにかく最近のハイテク技術の進歩には驚くばかりですが、それでも野添さんの手紙にある通り、ハイテク技術も美術品の真贋判定にはそれに資する情報を提供できても、あくまで補助的役割に止まります」

「やはり最後は人の目や手が決め手となるわけか」

「手もですか」

「壺や茶器等は手に持った時の感触がものをいうらしい。とはいってもその目も手も贋作に騙されることは美術史上珍しくないからな。フェルメールだったかな、その道の権威と目されていた美術鑑定家によって贋作をして当の画家の最高傑作のひとつとされたケースもあった」

「要するに人の目は人の目であって、神の目ではないということですか。それはさておき、その手紙の中でわたしが一番に気になったのは永徳が言及したあの戦話の件です。それで大学の山司准教授にその件の調査を依頼したんです」

「戦国期なら堀込教授の方が適任じゃないのか」

「あのしかめっ面のお堅い老教授には、何であれ頼み事する気にはなりませんから」

「なるほど。それで山司さんから報告はあったの」

「ええ、ついさっきメールで。野添さんからの報告同様、宗麟の戦歴にそうした戦話の史料は見当たらないとのこと。やはり永徳の勘違いでしょうか」

「断定はできないが、その可能性のほうが高いんじゃないか。誰か他の武将から聞いた話と混同したのかも。もっとも現在それに関する史料がないからといって、必ずしもそれがなかったということにはならないが……」

今の彼は彼女の話よりビールと冷めないうちに食べたい目の前の大ぶりの海老天のほうにより関心があった。

「以前、永徳はキリシタンではなかったかといって先輩に一蹴されましたね。わたしなりにその件で調べてみたところ、彼ではなく彼の高弟の一人に熱心なキリシタンがいましたよ」

「誰だいそれは」

「狩野源助」

「聞いたことのない名だな。弟子にも狩野姓を名乗った者がいたのか」

「そのようですね。それはともかく、彼の名前を知らなくても彼の作とされる絵なら知っているはずです」

「……」

「高校の日本史の教科書にフランシスコ・ザビエルの肖像画が出てなかったですか」

「確か十字架を胸に抱くようにして、天を仰ぎ見る半身像じゃなかったか」

それそれ、といいながらタブレット端末に保存したザビエルの肖像画を取り出して見せた。

「この絵の描き手が実は狩野源助とされています」

「それは初耳だな」

「彼は熱心なキリシタンだったようで、慶長八年（1603年）バチカン宛てに起草された『二十六聖人殉教の列聖請願注書』の筆頭に狩野源助平渡路《ペドロ》と署名しています」

「二十六聖人というと、秀吉が発令したバテレン追放令で処刑された京都在住のバテレンや信徒のことだな」

「そうです。それで彼らを聖人の列にと起草された請願書の筆頭に署名しているということは、彼が単なる平信徒ではなかったことを物語っています」

「つまり彼は熱心で影響力もあったキリシタンだった。その彼に永徳も何らかの影響を受けていた、といいたいわけか」

「その可能性は否定できないんじゃないですか。ただし源助が永徳に随行して安土へ出向き、そこで彼がキリシタンとかかわりを持ったと仮定しての話ですが」

「あくまで仮定の話として聞かせてもらおうか」

「源助は初めキリシタンの教えより聖像画に興味を持ち、それがきっかけで教えにも興味を持つようになった」

「聖像画といえば銅版画で主にキリストやマリア像等を描いたものだな」

16世紀前半に登場した銅版画はニードル（針状の道具）や腐食剤で彫られた銅板の溝にインクを詰めて印刷する凹《おう》版タイプの版画。

板目の凸《とつ》面にインクを載せる木版画に比べてそれは、細かい描写が可能なことから同世紀末には木版画に代わって主流となった。

「当時日本には銅版画による聖像画だけでなく、戦闘画や風俗画も持ち込まれていたようです。当然、西洋画ならではの色彩や遠近法を用いた構図が用いられていたはずで、そのような西洋画を見る機会を持った彼が絵師としてそれに興味を持ったと考えても不思議はないでしょう」

「それをきっかけにキリシタンにも関心を抱いた。そして彼を介して永徳もという考えか」

「そうです。単に城の美観を示そうと宗麟に屏風を贈ったのではなく、キリシタンに興味、関心があり好意的であることも併せて伝えたかったのでは」

「それで聖霊のシンボルである白鳩を描き、それにラテン文字を記した十字架を銜えさせたり短歌を記したと。しかし、それならそうと直に手紙にそう書けばよさそうなもの。苛酷なキリシタン弾圧が行われた時代ならいざ知らず、当時ならまだ誰憚ることなくそういって咎め立てされることはなかったんだから」

「そういわれればそうですが……」

彼は答えに窮した彼女を見ながらいささかあきれ顔で左右の手の平を表に向けると、ひょいと肩をすくめて欧米人がよくするシュラッギング・ジェスチャーを真似てみせた。

谷見からの反論を受けてそこで話を打ち切るかと思いきや、水島はすぐさま別の件に話題を切り替えた。

「永徳親キリシタン説はひとまず置くとして、あの屏風には書面では伝えられない何か隠されたメッセージが籠められていないか、そう思えてならないんですが……」

「何だいその隠されたメッセージというのは。きみならではの何か突飛な考えでもあるのか」

そう冷やかされて出鼻をくじかれたようだったが、そのまま黙ってはいなかった。

「手紙には天正十年五月吉日と日付がありましたから、あの屏風が贈られて一ヵ月前後で本能寺の変があったことになります。あの変については様々な黒幕説がありますよね。その中にキリシタン勢力を含める説があるのはご存知ですか」

「フロイスが光秀の娘細川ガラシャを通じて光秀を動かしたとする説とか」

「そうですね」

「それはいかにもリアリティに欠ける説じゃないか。光秀は保守的でキリシタンに関心は持たなかったから、かりに娘からの依頼があったとしてもそれで謀反に至るとは思えない。それに当時信長はキリシタンにとって最大の支援者だったはずだ」

「それはそうですが、その支援者だった彼がその後もそうだという保証がなくなったとすれば」

「何かそうした恐れがあったのか」

「フロイスによると、信長は安土山に建立された総見寺に盆山と呼ばれる石を自らのご神体として祀ったとのこと」

「フロイスの報告については、史料としての信憑性は高いとされているのも事実だが……」

「信長が自らを神と僭称したとすれば、それは唯一絶対神を信仰するキリシタンの教えと対立しますよね。そうなれば遅かれ早かれ彼とキリシタンは敵対することになります」

「確かに、バテレンがキリシタン大名衆に信長の反キリスト性を訴えて信長打倒を画策したとの説はあるが、だからといってその動きが光秀謀反に係わっているとは到底思えない。そんなことよりその説とあの屏風とはどう結びつくのか」

「あくまで永徳親キリシタン説を前提としての話ですが、彼もまた信長打倒を画策したひとりではないか」

彼は飲みかけたビールを手にしたままへ～と素っ頓狂な声を上げると、あきれてものがいえないという表情で彼女を覗き込むように顔を近づけた。

「それはさっきのフロイス・細川ガラシャ連携説よりさらにリアリティに欠ける説だな」

こういうとグラスに残ったビールを一気に空けた。

「百歩譲ってきみの主張する永徳親キリシタン説を前提としよう。それで彼は信長打倒を画策しキリシタン大名宗麟を動かそうと、あの屏風に何やら秘密のメッセージを描き込んだと考えているわけか」

「そのとおりです」

自信ありげにこう言い放つ彼女を見て、苦笑い交りに、まじかよといささか甲高い調子で応じた。

「それでそのメッセージについて、何か思い当たることでもあるのか」

「先輩はあの絵の中の祠について何か違和感はなかったですか」

思いがけず彼女から祠の件を持ち出されて、内心どきりとさせられた。

「あの祠がどうかしたか」

「白鳩が止まる場所ですが、どうして母屋の屋根ではなく祠なのか」

その件について同様の疑念を抱いていた彼は、ここでようやく話がかみ合うかもしれないと思った。

「実はおれもその点については不審に思っていたんだ」

ここで彼と同じ疑念を共有したことで勢いを得たかのように彼女は話を続けた。

「それについてはわたしなりの考えがあるんですが、それを話す前に先に話しておきたい事があるんです」

「何だいそれは」

「右隻の白鳩が銜えている十字架なんですが、当初その先は短歌にあった天即ち天主閣の上空を指していると思っていたんですが、その先を正確に辿ってみると天主閣の石垣のすぐ上の階辺りに辿り着くんです」

「それは信長の居室がある一階部分ということになるが……」

「さらに短歌を記した短冊の下端は天主閣の大屋根に触れんばかりに描かれていますよね。そうした点からあの短歌にあった〃天〃は、一義的には天国ではなく天主閣を指しているのではないか」

「それじゃ、あの〃天〃は天国と天主閣のダブルミーニングだというのか」

「そうは考えられませんか。さらにそう考えると、あの短歌には何か公にはできないメッセージが隠されている密書の類ではないかとも思えてくるんです」

野添による表向きの解説以外に、あの短歌に秘密裡のメッセージがあるのではといわれて、彼の好奇心の虫がゾロリと蠢いた。

早速、谷見は水島のタブレットに保存されたあの短歌が写っている屏風の写真を見せてくれるように頼んだ。

※

祠より　飛び立つ鳩の　行く先は
　天に通じる　恵みあれかし

彼はクローズアップされてモニターに映し出された短歌を見ながら、天を天主閣と読み替えて新たにどのような内容が読み取れるか、食べかけの海老天はどこへやら、しばし考えを巡らせてみた。

残念ながら、それについてこれといって何ら新たな考えは思い浮かばなかった。

「きみ自身は何か思いついたことはないのか」

「短歌についてはそれ以上の事は何も。ただもうひとつ気になっていることがあります」

再び彼女から謎解きを匂わせるような思わせぶりなことば。

「何だいそれは」

焦れたような調子で話の続きを促した。

「永徳が手紙に記した抜け道絡みの戦話です」

「さっき話題にした件か」

「そうです。はじめのうちは彼の勘違いではないかと思いましたが、それ以外にもう一つ別な可能性がないか」

「別な可能性……」

「つまりですね、史料として残ってないのはそれが永徳による作り話だったからではないか」

　またしても彼は彼女の発想に面食らった。

「作り話って、いったい何のために」

「でもそう考えると、二つの点が結びつきませんか」

「二つの点というと……」

「天主閣と抜け道ですよ。それにあの白鳩が銜える十字架と短歌の四つをキーワードとして、先輩なら何を連想します」

　そういわれて彼女が何をいおうとしているのかフル回転で推察してみた。

　やがて自らの興奮ぶりを抑え込むかのように、彼はゆっくりと一つ一つの言葉を紡ぎだすようにして自分の考えを口にした。

「永徳は白鳩が銜える十字架や短歌とそれに手紙でもって、天主閣への抜け道の在りかを宗麟に伝えようとした！」

「そうです、そうなんです。そう考えると先ほど考えを保留したなぜ祠の上に白鳩を描いたかについても、自ずとその理由が明らかになってきます」

「祠が抜け道の一方の出入り口であることを示すためにか。それで十字架にわざわざ入り口を意味するラテン語を書き込んだということか」

ここにきて彼女の考えを単に突飛な発想だと笑い飛ばせなくなってきた。

「実に面白い考えだし、それに説得力もある」

「それが永徳親キリシタン説を前提にして、屏風や手紙を検証して得られたわたしなりの結論です」

彼の反応を見て、わが意を得たりといわんばかりに彼女は力を込めて自説を口にした。

「そう考えると湖岸沿いの屋敷は他にもあるのに信澄邸と蘭丸邸だけを描いた上に、前者を後者よりずっと事細かに描いたわけも理解できる。それに水路で湖につながる湖岸沿いの信澄邸なら、いざという時、容易に湖上に逃れられるし、信頼厚い彼の屋敷なら心配も少ない」

「そうですね」

「ただきみの考える通り屏風と手紙で永徳が抜け道の件を伝えようとした場合、いくつか疑問は残る。まずどうして彼は抜け道の件を知ったか。当然それは極秘事項で信長から絵師として絶大な信頼を得ていたとしても、彼はその秘密を知る立場にはない」

「その点についてはどのような経緯かわかりません。彼は何らかの機会に偶然にもその所在を知ったとしか。それがきっかけで、その動機はさておき、信長打倒を画策し屏風と手紙に工夫を凝らしてそれを宗麟に伝えようとした」

「信長打倒の動機についてこの場では不問に付すとして、彼は本気で屏風と手紙でもって抜け道の件を伝えられると考えたんだろうか」

「宗麟がどう受け取ったかは判りかねますが、このわたしでも屏風と手紙に潜ませたメッセージを読み取ったんですから、彼にもそれは可能だったんじゃないですか」

「なるほど。それにしてもどうして抜け道の件を身近に多くいたキリシタン大名ではなく、京から遠く離れた宗麟に伝えようとしたのか」

「身近なキリシタン大名は信長の家臣ですが宗麟は違います。また彼らに比べて衰退の途にあったとはいえ彼はなお大大名。それに永徳はかつて豊後に下向していて彼とは旧知の仲」

「確かに、身近なキリシタン大名だからといって迂闊にできる話ではないしな」

「ところで、あの屏風にはもう一つ別なメッセージが隠されているように思われるんですが」

「まだ何かあるのか」

今度はどんな思いがけない考えが飛び出すのか、彼は一段と興味をそそられた。

「あの屏風では左右の隻で昼と夜と時間帯が異なっていますよね。それもまた彼なりの密かなメッセージではないかと思えるんです」

「例えば」

「人の世の栄枯盛衰」

ハァ〜と、拍子抜けしたような彼の奇声を馬耳東風と聞き流すかのように、彼女はなおも話を続けた。

「それを表現しようとして昼と夜とに分けて城の景観を描いたとは考えられませんか」

「ということは右隻の昼の図が繁栄を、左隻の夜の光景が衰退を表現していることになるが、あの夜の光景からそれはちょっとイメージできないな」

「一見すればそうなんですが、やがて訪れる夜即ち衰退をイメージして或はそれを願って左隻を夜景図にしたのでは。一双の屏風で左右の隻を昼と夜に描き分けた作品は他にないのでは」

「それはそうなんだが……」

「ろうそくが燃え尽きる直前、これが最後とばかりにその明るさをいちだん増すとかいいますよね。提灯に照らし出された天主閣の夜の光景は、ろうそくの最後の輝きの中で浮かび上がっているかのようにも見えるんですが」

彼はあの夜祭の光景を幻想的で実に美しいものと観賞するばかりだったし、あの一双の屏風はもともと独立した隻ではないかと考えていただけに、彼女の考えは到底受け入れられなかった。

「きみは新聞記者なんかより、小説でも書いた方が向いているかもしれないな」

「そんな事いわれたのは初めてですが、そういわれても喜んでいいものやら……」

「というと」

「記者ならまだしも、小説書いても食べてはいけないでしょう」

「そうかもしれないが、新聞社だって安泰ではないだろ。アメリカではネットでの情報通信が主流となる中、伝統ある新聞社が次々に人員整理や身売りを余儀なくされていて、日本でも対岸の火ではないだろう」

「おっしゃるとおりです。そうなったらその時は先輩に養ってもらおうかな。それなら心おきなく小説も書けますしね」

彼女は冗談ぽくこういって時計を見ると、明日は朝から取材が入っているのでといって、テーブルの上の勘定書きを先に取って立ち上がった。

❀

谷見は水島と別れて自宅へ帰る道々、先月三十路を迎えた彼女が先ほど冗談ぽくいったいことばを、案外そうでもないのでは、などとふと思ってみたものの、異性より歴史に関心のある歴史おたくの彼の目下の関心事は、今さっき彼女が導き出した仮説にあった。

自宅に戻ると彼は濃い目に入れたコーヒーを飲みながら、永徳親キリシタン説という前提が立証されなくても、屏風や手紙の検証内容から得られた彼女の仮説「信長打倒画策説」を実証できないものか思案を巡らせた。

翌日、彼は午後6時以降に電話をくれるよう彼女にメールした。

8時過ぎになって掛ってきた彼女からの電話で、彼は昨夜彼女が取り上げた仮説について今後それをどう実証するつもりか尋ねた。

「仮説の実証ですか」

彼女はそれについて具体的には何も考えていなかったから、その問いかけに不意を突かれたように戸惑った。

「あの仮説の前提である永徳親キリシクン説を史実として認めるような史料なり、もっと欲をいえば、永徳が信長打倒を画策したことを示す史料なりが出てくればいいんですけど。そんなものが都合よく出てくるとは思えませんし」

「それじゃ、あの仮説をその場限りの雑談で終わらせるつもりなのか」

「そういわれても……」

「きみのいうとおり、永徳を親キリシタンだとする史料も彼が信長打倒を画策したことを裏付ける史料もないが、それでもきみの仮説の実証作業はできると思うんだが」

「エッ、それってどういうことですか」

「つまりきみの検証内容からあの祠と天主閣の間に抜け道が作られていた可能性がでてきたわけだろう。だからその事を踏まえて実地検分すればいいんじゃないか」

「実地検分ですか。それって……」

「要するに、抜け道が実際にあったかどうか確かめてみるんだ。実際にその遺構が見つかれば、永徳が親キリシタンだったかどうかや信長打倒を画策した動機が不明のままでも、間違いなく彼の「信長打倒画策説」を裏付ける重要証拠になるじゃないか。また安土城跡で抜け道が発見されたとなれば、現存する城郭跡で抜け道が発見された例はこれまでにないはずだから、それは城郭史上の一大発見にもなる」

「それはそうかもしれませんが……」

「ネットで調べてみると、信澄邸跡地とされる一帯は現在、農地になっているが、それの特定は決してできない話とは思われない。それができればその辺り一帯の発掘調査をすれば抜け道の有無が確認できる」

「そうだとしても実際にそれをやるとなればわれわれだけできる話ではありませんよね」

「無論そうだ。当然、現在の地主や県や市の教育委員会の協力を取り付ける必要がある。幸い、伯父の一人が県の教育委員会に勤めているから、近いうちにこの話をしてみようじゃないか」

「そういうことならうちの社からも調査に向けて、関係機関に働きかけをするべきでしょうか」

「そうやって社の方から事前に働きかけをしておけば、抜け道の遺構が見つかった場合、それに関する記事を独占できるんじゃないのか」

「何だかギャンブル話を聞いているような気分なんですけど」

彼の興奮ぶりとは対照的に彼女は何やら浮かない口ぶりで応じた。

「ところで、抜け道の件を思い付いてから安土山の地盤についてネットで調べてみたんですが、安土山は流紋岩類のひとつ溶結凝灰岩から成る岩山だそうです」

流紋岩はマグマが地表で急激に冷え固まってできるが、溶結凝灰岩は高熱の火山灰や火山礫が堆積しその熱で凝結してできる。

「それがどうかしたか」

「それがどの程度の硬さかわかりませんが、当時の掘削技術で山頂から山裾まで地下に抜け道を作るなんていう作業が果たして可能でしょうか」

「安土山の岩が何であれ、それは城の石垣や大手門に通じる階段等に用いられていて、それは当時岩を切り取る技術や道具があった証じゃないか」

「でも地表の岩を切り取るのと地下のそれを掘削するのでは、工事の難易度が違うんじゃないですか」

「そうかもしれない。しかし今はそんなことをここで議論しても始まらない。当時、あれだけの城を建てた技術力からすれば、地下に抜け道を作ることは決して無理な造作とは思われない。とにかく抜け道調査に向けて、いまわれわれで出来ることをやってみようじゃないか」

彼女の仮説に触発された彼が逆に、彼女の背中を押すかたちになった。

谷見は水島との電話を終えてから、抜け道が在るものと仮定してそれがどのように掘り進められたか、それについて素人なりに考えを巡らせてみた。

安土城関連の古地図、復元図に加えて安土城、安土山のデータをファイルから取り出し、抜け道にかかわる建物の位置関係、距離、標高差等を調べた。

城が建つ安土山は湖岸沿いにあって三方が湖に突き出る小高い山で標高190メートル、麓からの高さ約100メートル。

底辺約165メートル、左辺約170メートル、右辺約200メートルで、上から見た形状は北向きの頂点部分が少し左に傾き右辺が左辺より長い変形二等辺三角形。

右の地理的データから山の頂上にある天主閣地下から縦に掘り進め、そこから真横に或いは斜面に沿って信澄邸まで掘り進めるのはいかにも無理に思われた。

そこで信澄邸と安土城を結ぶ線上付近に長谷川邸があることから、掘削は天主閣から長谷川邸までとそこから信澄邸までの二地点から掘り進められたのではないかと考えられた。

ちなみに天主閣と信澄邸との比高差は約100メートルで、両邸間の斜面距離はおよそ2

60数メートル。

他方、天主閣と長谷川邸との比高差はおよそ十数メートルで、両者間の斜面距離はおよそ60数メートル。

従って長谷川・信澄両邸間の比高差は80数メートルで、両者間の斜面距離はおよそ200数メートル。

二地点からの掘削を想定して次に掘削の進め方について考えを巡らせてみた。

天主閣と信澄邸の傾斜角度を比高差、斜面と直線の距離とから割り出すとおよそ19度。実際の斜面は均等になだらかではないから、その角度に沿って平均して掘削するわけにはいかない。

下手をすれば地表に突き出たり逆に深く掘り下げ過ぎたりするから、そうした恐れも考慮しながらどう掘り進めたか。

第一地点の天主閣から長谷川邸までは、天主閣地階から縦に長谷川邸が建つ地点の地下まで掘り下げる。

比高差が十数メートルの天主閣と長谷川邸の場合、深さがおよそ10メートルある天主閣の地下からだと、残り後数メートルを竪掘し、そこから長谷川邸のある西北に向けて60メートルほど横掘することは可能だと思われた。

他方、両邸間の比高差がおよそ80数メートル、斜面距離が200メートル余りある長谷川邸から信澄邸までの場合、前者のような工法は無理かと思われた。

また斜面に沿って地下を階段状に掘り進めるのも無理と思われた。

そこで両邸間は地表から斜面を上掘りした後、底辺部に材木をあてがって階段を作り、天井部を板囲いして土や木でそれを覆い隠したのではないか。

また信澄邸の外まで上掘りされた坑道はそこから縦掘りし、次に祠の地点まで横掘りされ祠とつながれたのではないか。

あるかどうか分からない抜け道の掘削方法や工程等について、あれこれ素人考えを巡らしているといつの間にか午前2時を回っていた。

しかし、これからの取組やそれによって起こるかもしれない事態を想像すると、いささかも彼に眠気が訪れる気配は感じられなかった。

狩野法印永徳伝
別双「安土城図屏風」秘話

二〇一九年三月二十二日　初版発行

著　者　向居直記
発行所　ブイツーソリューション
〒四六六・〇八四八
名古屋市昭和区長戸町四・四〇
電　話　〇五二・七九九・七三九一
ＦＡＸ　〇五二・七九九・七九八四
発売元　星雲社
〒一一二・〇〇〇五
東京都文京区水道一・三・三〇
電　話　〇三・三八六八・三二七五
ＦＡＸ　〇三・三八六八・六五八八
印刷所　モリモト印刷

ISBN978-4-434-25775-9